《让有信仰的人讲信仰》丛书

白衣执甲逆风行
宁医援鄂日记

/ 抱团取暖踏坎坷　守望相助渡难关 /

宁夏回族自治区党委宣传部　编

黄河出版传媒集团
宁夏人民出版社

图书在版编目（CIP）数据

白衣执甲逆风行：宁医援鄂日记／宁夏回族自治区党委宣传部编． -- 银川：宁夏人民出版社，2020.7
（《让有信仰的人讲信仰》丛书）
ISBN 978-7-227-07239-3

Ⅰ．①白… Ⅱ．①宁… Ⅲ．①日记－作品集－中国－当代 Ⅳ．① I267.5

中国版本图书馆 CIP 数据核字（2020）第 128347 号

《让有信仰的人讲信仰》丛书
白衣执甲逆风行——宁医援鄂日记　　　　　宁夏回族自治区党委宣传部　编

项目统筹　张燕宁
责任编辑　赵学佳
责任校对　贺飞雁
装帧设计　吴海艳　冯彦青
责任印制　陈　哲

黄河出版传媒集团
宁夏人民出版社　出版发行

出版人	薛文斌
地　址	宁夏银川市北京东路 139 号出版大厦（750001）
网　址	http：//www.yrpubm.com
网上书店	http：//www.hh-book.com
电子信箱	nxrmcbs@126.com
邮购电话	0951-5052104　5052106
经　销	全国新华书店
印刷装订	宁夏报业传媒集团印刷有限公司
印刷委托书号	（宁）0017941

开　本	720 mm×980 mm　　1/16
印　张	11
字　数	90 千字
版　次	2020 年 7 月第 1 版
印　次	2020 年 7 月第 1 次印刷
书　号	ISBN 978-7-227-07239-3
定　价	38.00 元

版权所有　侵权必究

待春风如期，
再高歌一曲

宁夏医疗队

武汉感谢有你！

知音号

前　言

岁末年初，新冠病毒突袭而至，疫情来势汹汹，人民生命安全和身体健康面临严重威胁。以习近平同志为核心的党中央坚持人民至上、生命至上，以坚定果敢的勇气和坚忍不拔的决心，同时间赛跑，与病魔较量，迅速打响疫情防控的人民战争、总体战、阻击战。

危难关头，14亿人守望相助、无私奉献，构筑起同心战疫的人民防线。一方有难，八方支援！当病毒肆虐荆楚大地时，全国上下紧急行动，调动全国医疗资源和力量，全力支持医疗救治。宁夏总计派出6批785名医疗队员驰援湖北，他们将爱与勇气带到了荆楚大地，并唱响了信仰之歌。

为广泛宣传一线医务工作者的感人事迹，在全社会激发正能量、弘扬真善美，我们编选了部分宁夏援鄂医护人员在抗击疫情时写的日记，形成《白衣执甲逆风行——宁医援鄂日记》一书，并收入《让有信仰的人讲信仰》丛书。本书编选的文章主要来自学习强国宁夏学习平台、人民网、新华网、宁夏新闻网、宁夏医科大学总医院官网等新闻媒体平台和网站；在编写过程中，宁夏回族自治区卫生健康委员会给予了大力支持，在此深表谢意。同时，为方便阅读使用，我们采取融媒体方式，在书中植入了音频文件，读者可使用手机扫描书中二维码，收听本书内容的朗读音频。

编者

2020 年 7 月

目 录

001 襄阳，我们与你同在
- ■地　点　襄阳市襄州区人民医院
- ■记录人　宁夏回族自治区人民医院　李云

004 愿我们今日的努力付出，会让明天岁月更加静好
- ■地　点　襄阳市第一人民医院
- ■记录人　石嘴山市第一人民医院　郭丽荣

007 我们都会好好的
- ■地　点　襄阳市中西医结合医院
- ■记录人　宁夏医科大学总医院　牛盼莉

010 又到一年立春时——致逝去的父母和远在宁夏的亲人
- ■地　点　枣阳市第一人民医院
- ■记录人　宁夏第五人民医院　刘福清

012 我们一起去看襄阳的春天
- ■地　点　襄阳市中医医院
- ■记录人　宁夏医科大学总医院　王爱芳

016 我在治疗室中如何"演奏"
■地　点　襄阳市老河口第一人民医院
■记录人　银川市第一人民医院　阿永辉

019 一起战斗，却不知道你的模样
■地　点　襄阳市中心医院
■记录人　宁夏回族自治区人民医院　张雪

022 病人主动找我合影，留下特殊的纪念
■地　点　襄阳市第一人民医院
■记录人　石嘴山市第一人民医院　郭丽荣

024 我们全力以赴，对你不离不弃
■地　点　襄阳市中心医院
■记录人　宁夏回族自治区人民医院　冷万军

026 等再见到你们，春暖花开去踏青
■地　点　枣阳市第一人民医院
■记录人　宁夏第五人民医院　杨桂红

030 给患者一剂心理疫苗，治疗他们焦虑的心
■地　点　襄阳市中心医院
■记录人　宁夏第五人民医院　马吉杰

033 有时治愈，常常帮助，总是安慰
■地　点　襄阳市传染病医院
■记录人　宁夏第五人民医院　刘艳丽

036 亚妮的护士日记：记录宁夏护士驰援湖北的心路历程
■地　点　武汉客厅方舱医院
■记录人　隆德县人民医院　王亚妮

046 从病人的笑容，感受到医生的职业价值
■地　点　武汉客厅方舱医院
■记录人　宁夏医科大学总医院　杨生平

049 人间值得——老乡寄来了50个爱心口罩
■地　点　航空工业襄阳医院
■记录人　固原市人民医院　屈文慧

052 进舱后头晕想吐，为了不浪费防护服我必须坚持
■地　点　武汉客厅方舱医院
■记录人　青铜峡市人民医院　樊瑞

058 我看到襄阳人民的坚强与勇敢
■地　点　襄阳职业技术学院附属医院
■记录人　宁夏医科大学总医院　赵晓芬

061 我告诉病人，你正向灿烂的阳光里走来
■地　点　襄阳市传染病医院
■记录人　石嘴山市第二人民医院　刘学文

064 战疫有你有我，小爱汇聚大爱
■地　点　襄阳市传染病医院
■记录人　石嘴山市第二人民医院　吴荣

066 患难识朋友，谊长情永在
■地　点　南漳县医院
■记录人　吴忠市人民医院　朱丽娟

069 不必言谢，因为我们是一家人
■地　点　武汉客厅方舱医院
■记录人　彭阳县人民医院　韩列梅

072 愿小小香囊守护一方平安
■地　点　武汉市中心医院
■记录人　宁夏回族自治区人民医院　刘佳丽

076 说说我的战友，暖心的"冷妈妈"
■地　点　襄阳市中心医院
■记录人　宁夏回族自治区人民医院　张毛毛

079 我熟悉，我来
■地　点　襄阳职业技术学院附属医院
■记录人　石嘴山市第二人民医院　王文庆

081 放心，我们绝不会多留你的
■地　点　襄阳市传染病医院
■记录人　石嘴山市第二人民医院　闫莉婷

084 凉皮的温度
■地　点　襄阳市中西医结合医院
■记录人　固原市人民医院　薛蓉

087 白衣蓝衣，人人都是战斗者
■地　点　航空工业襄阳医院
■记录人　固原市人民医院　邹礼丽

090 你们康复回家，是我最大的心愿
■地　点　谷城县人民医院
■记录人　中卫市人民医院　郝燕

094 我不是英雄，我只是防护服下平凡的医生
■地　点　襄阳市中西医结合医院
■记录人　宁夏回族自治区人民医院　王艳

097 王阿姨出院那天，爱让我们紧紧拥抱在一起
■地　点　武汉客厅方舱医院
■记录人　盐池县中医医院　李文娟

100 脱去防护服，一口气喝 500 毫升水
■地　点　武汉客厅方舱医院
■记录人　惠农区人民医院　马娟

104 萍儿，待疫情结束嫁给我可好？
■地　点　武汉市中心医院
■记录人　宁夏回族自治区人民医院　李涛

106 疫情不退，我们不归
■地　点　武汉客厅方舱医院
■记录人　青铜峡市人民医院　宋丽群

109 一位患者给我香蕉吃，说带皮干净的
■地　点　武汉客厅方舱医院
■记录人　青铜峡市人民医院　胡丽红

111 这是我人生的一次绝唱
■地　点　武汉客厅方舱医院
■记录人　青铜峡市人民医院　樊瑞

114 进入病房第一天：感动战胜了畏惧
■地　点　宜城市人民医院
■记录人　银川市第一人民医院　付晶珊

118 珍惜当下，就是最大的幸福
■地　点　武汉客厅方舱医院
■记录人　彭阳县人民医院　韩小娟

123 错过第一次报名心急如焚
■地　点　武汉市中心医院
■记录人　宁夏回族自治区人民医院　王明秋

127 我和襄阳"萌"爷爷的故事
■地　点　襄阳市中西医结合医院
■记录人　宁夏回族自治区妇幼保健院　秦荣荣

131 比樱花更美的是武汉人感恩的心
■地　点　武汉市中心医院
■记录人　原州区人民医院　朱媛媛

135 这个春天，当好披着战袍的天使
■ 地　点　武汉市中心医院
■ 记录人　宁夏回族自治区人民医院　张彤

138 继续战"疫"，直到武汉保卫战迎来大捷
■ 地　点　武汉市中心医院
■ 记录人　宁夏回族自治区人民医院　王玉巧

142 第49天：襄州区二院最后一位90岁新冠肺炎患者出院
■ 地　点　襄阳市襄州区第二人民医院
■ 记录人　宁夏第五人民医院　马吉杰

146 鞋套跑掉了，防护服刮破了，可当时真没想太多
■ 地　点　襄阳职业技术学院附属医院
■ 记录人　宁夏医科大学总医院　柳真

150 第51天：微如芥子，也成世界
■ 地　点　武汉市中心医院
■ 记录人　宁夏回族自治区人民医院　李翔

154 三月暖阳，芬芳人间
■ 地　点　武汉市中心医院
■ 记录人　宁夏医科大学总医院　靳美

襄阳，我们与你同在

地　点　襄阳市襄州区人民医院
记录人　宁夏回族自治区人民医院　李云

经过一天一夜的奔波，1月29日下午，我们终于到达了目的地——襄州区人民医院。我做梦都未曾想过，第一次到襄阳竟是以这种方式。严冬的襄州，绿树红瓦，街道空旷无比，行人稀少，一切皆归因于一场新冠肺炎疫情。我深知这是一场硬仗，但是从报名到此刻，我没有半点害怕和退缩。

车子驶进卫健委大院，我看到了一张张饱含热情和期待的面孔。襄州区人民医院姚院长简短而真挚地说："感谢宁夏同胞雪中送炭来支援襄州区，让我的紧张与不安减少了许多。"

姚院长随后又详细介绍了当地情况，这下我才意识到形势的严峻：防护物资缺乏，人员配备紧张，院感流程不完善，等等。不能被未知的困难吓倒！我在心底默默地给自己打气：没有吃不了的苦、受不了的累，加油！

我和队友们积极请战，虽然有被传染的危险，但疫情当前，我们必须负重前行。住宿还没安排妥，我们就迫不及待地前往医院了解情况。

夜色渐浓，空旷的街道愈发冷清。回想起白天在大巴上，同行的好姐妹对我说："云姐，我们一定会早日

打赢这场疫情阻击战。等到春暖花开、疫情散去时,我们一定相约再来,逛遍每一个角落,寻找曾经播下的最深的情。"

是的,我们一定会赢。再凶险的病毒也抵不住国人万众一心抗击疫情的斗志。

落脚在襄阳了,明天,我将精神百倍奔赴战场。

我默默地下决心:做好防护,病毒不侵;迎难而上,完成任务;不负重托,平安归队。

时间:2020 年 1 月 29 日

愿我们今日的努力付出，会让明天岁月更加静好

地　点　襄阳市第一人民医院
记录人　石嘴山市第一人民医院　郭丽荣

昨天是第一个夜班，我和襄阳市第一人民医院西区隔离病房六区的欣怡老师一起，新收感染确诊患者12人，病区总患者达到23人，留取血液标本百余份，静脉留置针穿刺成功十几人。输液、雾化、观察、测量、退烧、咽拭子、心电图等等，庞大的工作量压在我们两个小女子的肩上。防护服内早已汗流浃背，护目镜也是雾蒙蒙

的，但我们脚下的步伐没有停歇，手中的动作没有迟缓。我们不停地奔走在病房之间，护理于患者身旁。

正确留取各类标本，及时送检！

静脉穿刺成功，液体通道建立！

降温措施有效，体温缓慢下降！

呼吸机运行良好，指脉氧指数平稳！

一边工作一边沟通，患者情绪平稳，心理护理有效！每一项工作的圆满完成，都是对我们辛劳付出的肯定。记得在给一位患者穿刺静脉留置针时，他听出来我不是本地口音："你不是襄阳本地人！那你一定是宁夏医疗队的，是不是？"

我手上戴着橡胶手套摸索着穿刺，顾不上回答，只是轻轻点头。他一下子激动起来："是的，朋友圈里都在说，宁夏的医疗队来襄阳支援，我见到你们了！谢谢，非常感谢！你们不怕危险，从那么远的地方来帮助我们，非常感谢！"

我边固定好穿刺成功的针头，边微笑着说："我们是一家人，我们共渡难关，加油！"

那一刻，我相信他透过面罩看到了我的微笑，我的笑容让他倍感温暖。我的内心满是幸福和骄傲，为我一身白衣而自豪，为我援助襄阳而欣慰。

因为援助湖北，我体会到了医护人员的艰难；因为援助湖北，我感受到了患者对救治的渴望；因为援助湖北，我理解了奉献与付出的真正含义。我们今天的负重前行，正是为了大家明天的岁月静好。

加油，襄阳！

加油，湖北！

加油，中国！

时间：2020年2月2日

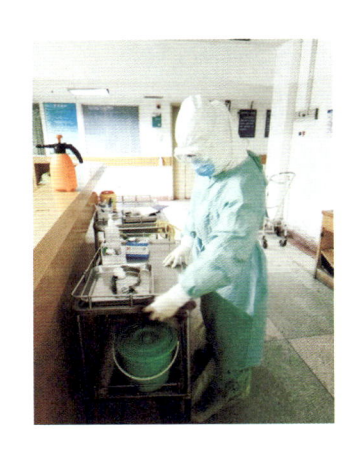

我们都会好好的

地　点　襄阳市中西医结合医院
记录人　宁夏医科大学总医院　牛盼荊

2月3日是我来襄阳的第7天，一切都慢慢适应了，真希望疫情尽快得到控制。天气预报说天气会很好，相信喜讯迟早会传来。

早晨8点接班，我和一起搭班的程程老师熟练地穿好防护服，接过为病人准备的早餐进入隔离区。早餐很不错，每人一份稀饭、一个包子、一个小馒头，再加一个鸡蛋。我们把早餐挨个发到病人床头，紧接着就开始了治疗。

我和程程老师这边正忙得热火朝天，那边就听到办公室医生通知我们准备接收新病人入院。准备好床位，不一会儿就听到病人通道的门铃响了起来，我输入密码打开门，逐一把患者安排到相应的房间。最后进来的是一位40岁左右的女士，手里拎满了大大小小的行李，看起来症状较轻。但是，踏进病区的那一刻她犹疑了一下，抬起头问我："来这里的病人是不是病情都很重？""不是的，别担心，你们自己走过来的，病情怎么会重？"我笑着说。

在跟随我进入病房的路上，她一直很焦虑。她问我："你说我还能治好吗？"我回过头坚定地对她说："肯定能的，别灰心，你看我们穿着这么厚的防护服进来，没有人放弃你们，一定要加油！"她嘴角抽动了一下，并没有说什么，只是加快步伐跟了上来。

走到病房门口的时候，她突然问我："你不是这里的人吧？""嗯，我是从宁夏过来帮忙的。"我笑着说道。她突然情绪很激动，不住地对我说："谢谢！真的很感谢！""一方有难，八方支援，别害怕，我们都会好好的！"说完我走出了病房。

回到护士站，心里很暖，但是我没有时间感慨，因为后面还有很多病人需要我们护理。不过，我觉得更有干劲、更有信心了。是的，别担心，一切都会过去，我们都会好好的，一定会好好的！

时间：2020 年 2 月 3 日

白衣执甲逆风行 宁医援鄂日记

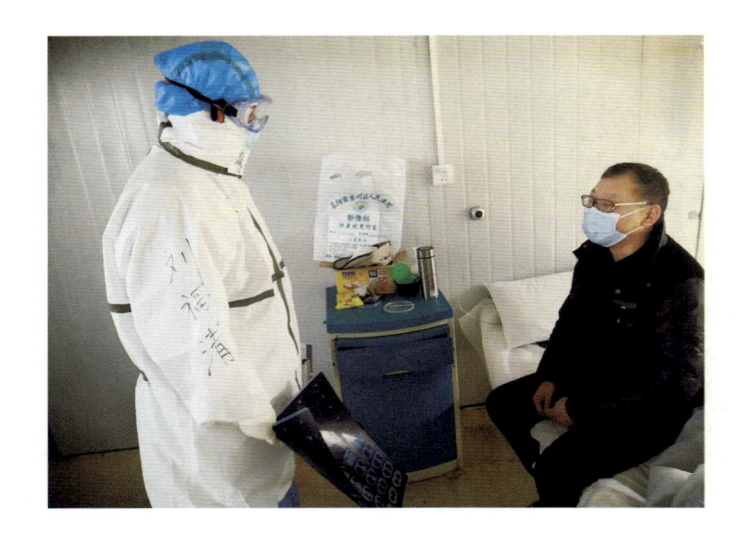

又到一年立春时

——致逝去的父母和远在宁夏的亲人

地　点　枣阳市第一人民医院
记录人　宁夏第五人民医院　刘福清

我是宁夏援助湖北医疗队队员刘福清，来自宁夏回族自治区第五人民医院，现在在湖北枣阳市第一人民医院参加医疗救援工作。

"立春了，要啃几口萝卜，那叫'啃春'，吃了不

闹春困！"睡梦中醒来的我，感觉妈妈的这些话就在耳边萦绕。

今天立春了，想起父母在世的时候，每年立春他们老两口都会为我们准备青萝卜，洗干净，去皮，切成片，摆在瓷盘中，端到我们面前……这么多年过去了，这些情景依然很清晰。

今年的春节很特别，武汉的疫情牵动着全中国人的心。对于我们医务人员来说，从医的责任和使命让我们义无反顾。从银川河东国际机场出发时，我见到了曾经的老师和大学同学，见到了我曾教过的学生，以及我们区内的同道朋友。

立春象征着春天的开始，今年的立春有着不寻常的意义。

逝去的爸爸妈妈，远在宁夏的亲人，今天不知我能否啃上一口青萝卜？重任在肩，我们的战斗才刚刚开始，希望你们放宽心，给我们的白衣勇士助力，为患者祈福，为湖北加油，为中国加油。愿我们每位参战的白衣勇士都能夺取最后的胜利，平安回到亲人的身边。

时间：2020 年 2 月 4 日

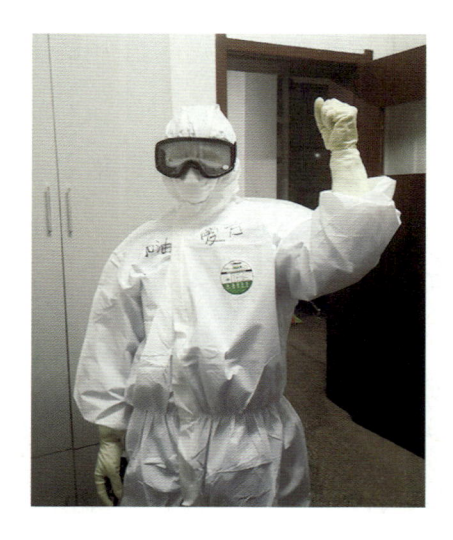

我们一起去看襄阳的春天

地　点　襄阳市中医医院
记录人　宁夏医科大学总医院　王爱芳

今天是我来襄阳的第 8 天。

早上，穿过熟悉的消防通道，5 分钟就走到了医院。

穿好防护服，进入隔离病区，按照医嘱挨个病房给患者测量生命体征，输液，采集标本，疏导心理……

"阿姨，今天早上吃得怎么样，身体感觉怎么样？"

我询问道。

"挺好的，姑娘。每次看见你，就想起我家姑娘。你和我姑娘一般大，眼睛、鼻子呀，就像一个模子刻出来的。"阿姨慈祥地看着我。

"阿姨，那我做你的女儿。"我开心地说。

"求之不得，以后我就多了一个女儿了。"阿姨笑得眼睛眯成了一条线。

"这会儿我把你拍下来，以后要是想念我这个远在宁夏的女儿，就翻出来看看。"阿姨说完就举起手机拍照。

我仔细地找着阿姨手背上的血管，感觉手套下滑，于是扯了扯，不好意思地说："我戴了三层手套，不好操作。"

阿姨连忙打断我的话说："你们确实要防护好，这个病太吓人了。你们又辛苦，那么远赶来，家里人肯定很担心。"

我用棉签轻轻地在阿姨手背上消毒。

"憋闷得很啊？"阿姨担心地问。

"戴了两副眼镜、两个口罩。"我大口喘着气说。

"动一下就气喘吁吁。"阿姨笑着说。

"对,整个就是缺氧。"我拿起输液器针头,准备扎针,

接着说，"稍微有点疼。"

"不疼，没关系。"阿姨安慰我说。

"好了，手慢慢松开。"我成功地将针头扎入血管。

"都不敢跟你说话，听你说话感觉你很累，都听见你'呼呼'喘气了。"阿姨和我相视一笑。

"滴速调好了，有事就按铃。"我嘱咐道。

阿姨竖起大拇指对我说："谢谢，注意保护自己。我们一起加油！"

"等我病好了，我带你去看襄阳的古城墙、古隆中、

唐城……"阿姨指着窗外，绘声绘色地说。

虽然防护服湿透了我的衣背，眼罩中的雾气凝结成水流遮住了我的视线，但是阿姨的话让我无比温暖。其实阿姨的病很重，但从我第一次给她做治疗起，我从来没见过她抱怨，或者是叹气。她总是笑着和我们打招呼，笑着开导病友，笑着面对疾病。她积极乐观的生活态度感染了我。

8天来，医院、住地，两点一线的生活，简单却快节奏。我们医护人员都憋着一口气，24小时轮流值班，为的是能多提前一分钟，多看一个病人，这样就能减少病毒传播的时间和扩散的范围。我们同时间赛跑，与病魔较量，期望一起打赢这场战"疫"。

时间：2020年2月5日

我在治疗室中如何"演奏"

地　点　襄阳市老河口第一人民医院
记录人　银川市第一人民医院　阿永辉

今天是援助湖北的第 11 天。清晨 7：30，太阳依旧懒散地躲在遥远的天边，不愿起来爬坡，而我作为一个有斗志的青年，就要开始自己的"演奏"了。

口罩、帽子、手套齐上阵，正式踏入治疗室，注射器、安瓿瓶、各类药品、利器盒，包括地上的垃圾桶，等等，

都为我所用，组成一个个"琴键"。感觉一晚上未见，十分想念这些宝贝。来吧，宝贝们，都快到我的手里来，让我尽情地去演奏，为需要的人奉献你们的价值！

就这样，我的手、大脑、身体都十分配合地为我所调用，也时刻保持专注、迅捷的状态。直到上午10时，我才会有一点儿放松，用来缓解高度紧张所带来的高负荷。在这期间，虽然我很专注与小心，但意外仍不可避免地出现了。在掰安瓿瓶颈部时有玻璃渣子掉落，虽然很小心，但手还是被扎破了。你会看到有一些血调皮地跑出来，去"渲染"你的手套，让你的手套看上去不是那么单一。然而，这点小插曲没有影响到我的弹奏，我生怕停下来多等一秒。可当我停顿下来，想要关心手的时候，发现它已经自我修复了，只在手套上留下一小片血色的"绘画"，记录着刚才的小插曲。就这样，又是两个小时，"弹奏"结束了。

接下来便是收拾一片狼藉的台面和地面，进行治疗室的彻底消毒，就像擦拭陪伴你多年的钢琴一样。当然在此期间还时不时要为新入患者调配药物。中午抄写医嘱，打明日的输液单、条码及抽血条码等，又是紧张的3个小时！下午又开始了治疗室的彻底消毒，在刺鼻的消毒水味中整理明日要用的药物，配齐下午所需的雾化药。不到半小时，地上又出现了两大箱子垃圾，感觉自己好有成就！继续贴单、摆药，下午3：30，我终于谱写、修改、演奏完了一首完整动听的"交响曲"。

时间：2020年2月8日

一起战斗，
却不知道你的模样

地　点　襄阳市中心医院
记录人　宁夏回族自治区人民医院　张雪

　　今天是来襄阳支援的第16天，清晨，空气清新，我在想，如果没有疫情，估计此生我不会有机会来到这个美丽的城市。

　　早晨跟我交班的是一位男护士，他一手抚着心脏部位，一手支在走廊的窗台上，躬着背，从口罩的形状来看他在大口喘气。刚开始我以为他是医生，后来他说要与我交接病人，我才知道他是男护士。看着他难受的样子，我轻拍他的背问怎么了？他说心慌气短。原来昨晚有个同伴晕倒了，他们3个人看护了10个重症病人，而且这10个病人还是分开安置的，早上7点多又收了一个插管抢救的重症病人。作为重症监护室的护士，我深知这样忙碌的夜晚会让人体力严重透支。看着他难受的样子，我心里很不是滋味，突然想起一句歌词："我不知道你是谁，我却知道你为了谁。"

兄弟姐妹们都戴着口罩，他的衣服上没有写名字，我不知道他是谁，但我可以肯定的是，他是我的战友。没有言语的安慰，迅速交接完病人，我嘱咐他赶紧回去休息。看着他疲惫不堪的背影，我只希望他能睡个好觉，尽快恢复体力。

早上抢救了一个休克的病人。穿着防护服，戴着眼罩和面屏，再加上戴着两双手套，光是上静推泵、换心电监护仪、连接换能器就出了一身汗。然后去配去甲肾上腺素、异丙肾上腺素、瑞芬太尼、咪达唑仑等药物又出了一身汗。戴着手套抓不住1毫升的小安瓿，真想把手套摘掉，但我知道不可以。患者生命体征不稳，全身

冰凉，受压皮肤也不好，要不停地调泵，不停地把床头的线、床单整理好，倾倒呼吸机冷凝水。说起来简单的几句话，干起来却很困难，尤其是戴上手套阻力很大，干什么都费劲，都会出汗，有些操作还要蹲下来进行。蹲下的一瞬间，一股冷空气从脸上冒出来，也算是凉快了一下。可因为患者体温低需要保暖，病房开着电暖气，我始终是汗流浃背；再加上穿着尿不湿，状况实在是无法描述。

忙碌的一天结束了，走出重症监护室的那一刻，看到外面的阳光，我的心情格外好。跑步坐上返回住宿地的通勤车，看着因戴口罩留在脸上的勒痕，我一笑而过，心想，比起疫情带给患者的那些痛苦，我这点累和痛又算什么呢？

困难面前，永不言弃！我很好，关心我的人勿担心。我们共同加油，一切都会好起来的！

时间：2020 年 2 月 13 日

病人主动找我合影，留下特殊的纪念

地　点　襄阳市第一人民医院
记录人　石嘴山市第一人民医院　郭丽荣

今天是我来襄阳的第 21 天，依旧是这条寂静空旷的街道，依旧是深夜 11 点，这是我延期援助襄阳后的第一个中班。记得在来襄阳的第二天，中班下班后我都不敢回家，还是医疗队的吕老师来接我回去的。如今已经记不清是第几个中班了，我已经没有了初来时的恐惧和害

怕。独自走在返回住地的路上，我的内心无比充实，因为那一句句话语始终在我的耳畔萦绕。

"就是她，就是她，她是宁夏来的。她的技术很好，一针就扎上了。你明天还上班吗？"

"你又上班了？辛苦了，辛苦了，非常感谢你们从那么远的地方来帮助我们，感谢！感谢！"

"把你电话给我吧，我们加个微信，等疫情结束我带你去古隆中，带你去吃牛肉面……"

"这个小姐姐说话好温柔啊，我好喜欢，好舍不得你。"

"小郭，你什么时候走啊？等我出院了你再走吧！"

"感谢你们啊，你们说话特别温柔，让我们这些人心情都特别好，谢谢你们的支援！"

这一句句话语是对我付出的认可，是对我工作的肯定。工作时他们不忘提醒我们做好防护；不忙的时候，他们主动要求与我们合影，留下最有意义的纪念。

带着喜悦的微笑，迈着轻快的步伐，我心情舒畅地走在回宿舍的路上。亿人一心，我们向阳而行！襄阳，我们一起加油！

时间：2020年2月17日

我们全力以赴，
对你不离不弃

地　点　襄阳市中心医院
记录人　宁夏回族自治区人民医院　冷万军

昨晚是我第一次在襄阳市中心医院发热病房值班，这里收治的是疑似病人。我穿好防护服，走进病房，了解住院病人的情况。病房的工作并不像我想的那么轻松，平时几分钟能完成的工作，现在得花半小时甚至一小时才能完成，每个疑似病人都是单间隔离的。

刚进病区就新收了 6 名发热病人，给我印象最深的是一位 51 岁的男性患者。他由护士搀扶着缓步走入病房，体温 39 度，喘息气短明显，一句话得停下来好几次才能说完整，胸部 CT 显示病毒性肺炎不除外，病人情况还是比较重的。我迅速检查完病人的情况，给予对症处理后，病人的情况才平稳下来。1 个小时后，病人的核酸检测显示阳性，确诊为新型冠状病毒肺炎。我们迅速联系确诊病房，第一时间将病人由疑似病区转诊至重症隔离区。

转移完重症病人，接着查看其余的病人。回想这一晚的全过程，我们的工作不能有一丝一毫的马虎，工作的性质要求我们认真认真再认真，速度速度加速度。虽然我们这里是疑似病区，但每一个疑似病人都可能是确诊患者。我们的任务是不放过每一个确诊病人，帮助疑似病人排除心理焦虑，使病人得到有效的救治，这是我们的责任。

希望每位病友都能增强战胜病魔的信心，我们会时刻守护着你们，全力以赴，不离不弃。同时，感谢每一位在我身边协同作战的战友们，你们辛苦了！胜利一定属于我们！

时间：2020 年 2 月 18 日

等再见到你们，
春暖花开去踏青

地　点　枣阳市第一人民医院
记录人　宁夏第五人民医院　杨桂红

来这边已经 20 多天了，有些想念家乡留守在骨科神经外科的战友们了，想借此表达我对你们的思念。

因通知紧急，准备仓促，匆匆坐上抵达武汉天河

机场的专机，没来得及和你们一一道别，抱歉哦！到达对接的枣阳市第一人民医院后，枣阳市委的领导和院领导看望了我们，询问我们各方面有什么困难，也对我们不远千里支援枣阳抗击疫情的精神给予了赞扬。入住指定的宾馆，分发随机带来的物资用品，进行严格的理论和操作培训，考核合格后，1月31日我们开始进入病房工作。

初进隔离病房，面对新冠肺炎病人，真的有点担心。护士长和老师们对我们很友善，为我们详细讲解工作流程，讲解如何做好防护，讲解隔离病房的环境，等等，一下子消除了我们的陌生感。在隔离病房里，穿着厚厚的防护服，老师们总是关切地问有没有哪里不舒服，而我总能够坚持和她们一起走出隔离病房。护士长排班也很人性化，充分保证大家都能休息好。

生活上，枣阳市政府、医院领导给予了我们最好的照顾，一日三餐换着花样做，保证膳食均衡，还给大家过了一个不一样的元宵节，我们吃上了甜甜的汤圆。我们家乡的父老乡亲，援助给我们各种生活用品。房间里冷，就给我们送来了电热毯和"小太阳"电暖气；为提高我们的免疫力，还送来了牛奶、蛋白粉、各式水果和宁夏的山羊奶等。特别是我们的总领队"郝妈"和联络员"王爸"，他俩不辞辛劳，奔波在每一支医疗队间，晚上9点多了，还给我们送来了家乡的"羊杂"和"手抓"，鼓励大家一番后又匆匆赶往下一支医疗队。目送远去的车，我们心里满满的感动。

近日，宁夏回族自治区党委常委、宣传部部长李金科，宁夏回族自治区卫健委巡视员赵正生及枣阳市副市长刘国清一同来到宾馆慰问我们，了解我们的疫情防控和救治工作、生活保障和家里的基本情况等，对我们结下的枣宁友情和无私奉献精神给予了高度赞扬，希望我们继续发扬大爱无疆的精神，不怕苦，不怕累，打好疫情阻击战。我们还收到了石嘴山市卫健委党组书记、主任蒋宁生的慰问信。他在信中鼓励我们："你们毅然逆行到最严峻的战场，以行动践行初心，以实干诠释使命，全市人民牵挂着你们，希望你们确保自身安全，做好防护，全面完成任务，早日凯旋。"

亲爱的朋友们，在湖北，在枣阳，我不是一个人在战斗。在这里，有我们团结一心的15名战友，有枣阳奋

战在一线的医务工作者，还有各级领导。疫情隔不断的是爱，我在他乡挺好的。放心吧，等再见到你们，春暖花开，我们相约一起去踏青！

时间：2020 年 2 月 18 日

给患者一剂心理疫苗，治疗他们焦虑的心

地　点　襄阳市中心医院
记录人　宁夏第五人民医院　马吉杰

这是一场鏖战，更是一场赛跑。从没想过2020年的开头这么难，这场疫情让我们明白了太多事情，也让我们更懂得珍惜的意义和平凡日子的可贵。这是一场没有硝烟的战役，每天都在上演着最真实的生离与死别。

来到襄阳已经是第 22 天了，我在病房里注意到，患者问得最多的问题是核酸检测是阴性还是阳性，大家普遍都比较焦虑。

焦虑是人类在面临病痛、灾难等各种重大事件时的一种应激反应，如果人长期处于焦虑状态，很容易导致免疫力低下。新型冠状病毒肺炎疫情非常容易引发焦虑及恐慌情绪，而学会与焦虑情绪相处是打赢这场战"疫"的心理武器，让患者更多地知道党和政府正在做什么，还要做什么，对坚定全社会的信心、对战胜疫情至为关键。

焦虑的核心就是不确定，不知道会发生什么，不知道怎样才能缓解焦虑。作为一名医生，我们责任重大，对患者来说，相信医生，相信自己，就一定能战胜疾病。心态决定一切。大部分患者都存在焦虑症状，比如我负责的 28 床 36 岁的女患者，核酸检测呈阳性，胸部 CT 显示双肺外带可见磨玻璃样改变，被诊断为新冠肺炎。患者非常焦虑，紧张时烦躁不安、出汗、心率增快，测氧饱和度 99%。我只能耐心地给患者解释，对比 CT 讲解，并给予中药治疗。10 天后复查核酸呈阴性时，患者的焦虑症状才明显好转。另一个病人，连续 4 次核酸检测可疑，CT 检测结果支持新冠肺炎，但患者不相信自己是新冠肺炎，多次要求再做咽拭子。根据《新型冠状病毒肺炎诊疗方案（试行第五版）》，患者应为临床确诊病例。我们给患者反复解释，说明可疑也是临床确诊病例，然后给予抗病毒治疗，10天后患者核酸检测为阴性，他这才露出了笑容。CT复查显示正常，达到出院标准，医务科通知可以出院了，最后他高兴地去隔离点做隔离观察。

面对新型冠状病毒，患者出现焦虑情绪，作为医者，我们用细心关爱去体察，用专业耐心去安抚，春风化雨，与患者一路同行。相信在不久的将来，我们就能自由地呼吸，自由地放声欢笑，毫无顾忌地去欣赏武汉的樱花。

时间：2020年2月19日

有时治愈，常常帮助，总是安慰

地　点　襄阳市传染病医院
记录人　宁夏第五人民医院　刘艳丽

时间过得飞快，转眼间来到襄阳市传染病医院已经7天了，我们宁夏第五人民医院护理组在传染病医院的工作都已走上了正轨，我们也已经适应了从来没有经历过的新的工作、新的环境。

按照要求，护理组人员要接受医院培训，练习穿脱防护服，晚上还要在各自宿舍学习各种院感防护知识。

大家觉得自身的院感知识不足，就将我们的需求告诉院长，院长知晓后立即组织院感科梁科长给我们答疑解惑。通过学习，大家知晓了防护措施，内心不再恐慌，做到了有的放矢！

进入科室后，为了保证所有队员的安全，我们请科室的护士长及有经验的护士按照标准的流程再次对我们进行培训，一个细节一个细节地进行指导。最后组织队员们进行培训考核，队员们全部都能正确穿脱防护服。

大家很快进入了工作状态，开始和科室的老师们一起梳理工作流程、工作内容，同时也和老师们建立了友谊。

王晶护士，为了让患者有一个清洁舒适的环境，不怕辛苦，一个人清扫病区长长的走廊。患者们很感动，感谢我们宁夏护理人员的辛勤付出。其间，一些症状较轻的患者还主动过来帮忙。我们用温暖和行动感染着身边的人。宁夏护理人员得到了科室全体护士的认可和赞扬。我们几个护士也特别高兴，没有给宁夏人民丢脸！

在夜间巡视病房时，有一位老大爷坐在床边不睡觉，经过询问得知，老人家很担心自己的病，也很想念自己的家人，睡不着。这样的老人和我们的父母一样，如果将我们换作是这位老人，也会在这样的黑夜中感到孤独、

恐惧，他们太需要我们的关爱和帮助了。于是我主动地加入了病友微信群，即使我们不能面对面，但是我们可以通过网络进行沟通，倾听他们内心的烦闷，做他们在病房的亲人和精神上的寄托！这可能就是"有时治愈，常常帮助，总是安慰"！

进到群里，简单几句问候后，患者们的情绪都很高涨。我感觉到他们很开心，大家有了希望，有了信心。我也被患者们感动了，全中国是一个大家庭，大家齐心协力，一定能战胜疫情！能够看到患者们的笑容，是我们护士最想看到的事情。

时间：2020年2月19日

亚妮的护士日记：
记录宁夏护士驰援湖北的心路历程

地　点　武汉客厅方舱医院
记录人　隆德县人民医院　王亚妮

没有人天生就是英雄和超人

窗外的夜很静。

这个元宵节有些特殊，这是我抵达武汉的第4天。往年，在家乡，隆德社火是最热闹的，今年停办了，改成了疫情防控宣传队。乡亲们都说等疫情结束后，再补

办一场热闹的社火。自春节以来，疫情不断升级，作为医护人员，我心急如焚。看到武汉的确诊病患人数不断增加，看到一线医护人员超负荷地在岗位上奋战，我的心里很疼。在这场突如其来的重大疫情面前，我们都改变了原来的生活轨迹。

记得是1月27日下午5点多，科室护士群里发出支援武汉的通知，我第一个报了名。郭姐让我报上个人信息，还提醒我把身体操心好，说不定要奔赴前线。我回复说："么麻达（没问题）。"咱西北人就是这么朴实，说话落地成钉。虽然那几天，我还是每天和父母视频通话，却没敢告诉他们我要去前线的决定，怕他们担心，只是反复提醒他们不要出门。老妈笑着说："广场舞都不去跳了。"

2月4日中午11点半，群里发来通知，支援前线的名单下来了，分别是：杨艳红、蔡芸芸、柳慧、王亚妮、杨艳艳。按照通知，由护理部副主任杨艳红带队，下午2点举行出征仪式，3点出发到银川集结，再统一飞往武汉。"这么突然！"我的脑袋有点懵，心里有点乱，同时发现自己还什么都没有准备。同事提醒我赶紧回去收拾行李。回到家，我收拾了几件宽松舒适的衣服和简单的洗漱用品就急着赶回医院，临出门时，又找了一些感冒药放进行李箱。

在出征仪式上，隆德县副县长祁忠，隆德县卫生健康局局长齐海军、副局长陈潭，隆德县人民医院院长李敏强都为我们鼓劲，赞许我们在国家需要的时候挺身而出，也悉心叮嘱我们做好防护，平安归来！杨艳红大姐是我们的领队，也是共产党员，她铿锵有力的发言感染着我。临别时，同事们紧紧拥抱道别，哽咽地说着"照顾好自己""注意身体"。我能感受到她们的不舍，但心中却是无悔，可能本来我就是一个性格坚韧的人吧，有一种要上战场的豪迈感。青春和使命就是要奉献给祖国最需要的时刻。

医院用救护车把我们从隆德送往银川，哥哥给我打来电话，第一句话就是："你在哪儿？为啥没和家里打招呼就跑去武汉？"原来他是在朋友圈里看到了隆德县人民医院发的消息。我强忍着心中的翻腾，对他说："就是告诉了你们，我也得去。""很快我就能回来了，家里头爸妈你操心着，别替我担心！"不一会儿，老妈也打来视频电话，我看到她强忍着泪水的眼睛亮亮的，声音哽咽着，反复叮嘱我要操心好身体，做好防护。我鼻子很酸，强装坚强，傻笑着对她说："没事啊！"

确实，没有人天生就是英雄和超人。在家里我是女儿、妹妹，可既然身穿这身白衣，当国家需要时，我就是一名战士，就必须挺身而出，全力以赴！

火线上飘扬的党旗

2月5日凌晨，我们临时入住到武汉一家企业的接待中心，我和同事分在一个房间，连续坐车和飞机，浑身疼，我们瘫躺在床上。今天，我们来自宁夏的138名医护人员一起开始了集中系统的培训，最重要的是穿脱防护服，使用防护用具。一整套二级防护装备光穿戴好就要花大概20多分钟，我们都很认真，也很用心，大家反复练习，都顺利通过了考核。杨艳红大姐是我们5个人的领队，她像大姐姐一样照顾我们的生活，常常叮嘱我们："只有防护好自己，才能照顾好病患！"确实，这是我们服务好病患的第一步，也是最重要的一步，所以大家都操作得很标准，也很严谨。

2月6日，这是个特别的日子。支援医护群里通知，我们前线成立了临时党支部。之前，我在大学时递交过入党申请书，参加过理论学习，也以优异的成绩结了业。这次，我看到身边的党员，他们迎难而上、先人后己的行为深深感染着我，我期望在火线上入党，于是再次向党组织提交了入党申请书。

深夜，我趴在房间的桌子上认真地写下了入党申请书，郑重地向党组织提出入党申请，承诺在做好自身防护的同时，坚守在抗击疫情第一线，为治愈病患做好各项护理工作。国之所需，我必全力以赴；心有所至，我必一往无前。面对疫情，我庄严承诺：尽己所能，奉献一切。

2月7日下午2点多，我们来到即将开展工作的方舱医院观摩，了解具体的医护和患者情况。这里有1800张床位，面积在首批三家方舱医院中最大。这几天，武

汉大学中南医院的专家教授为我们开展集中培训，介绍了很多最新情况，使我们对防护救治患者的措施有了更深入的了解。这所方舱医院是由"武汉客厅"临时改建而成，一张张床、被子、床头柜都已经配备整齐，医务人员的通道也已经建好……每一步都在向好的方向发展。

晚上，同行的医疗队中有5名医生开始上岗。希望大家都能平安，病患早日痊愈。武汉加油！白衣天使们加油！

入方舱，断青丝，战疫情

2月11日晚，经过休息，我又满血复活了。这是我们5位隆德姑娘来到武汉的第7天，已经正式进入方舱医院开始战斗。

从昨天下午6：20出发去方舱医院，再次回到酒店已是今天清晨5点左右，一个夜班结束了！从方舱医院坐大巴车回到入住的酒店，所有的感受就一个字——累！简单收拾完，躺在床上已经6点了，迷迷瞪瞪就睡着了，直到听到门外响起"嘶嘶"的喷洒消毒液的声音。

昨天，在去方舱医院的车上，护士长再次仔细给我

白衣执甲逆风行 宁医援鄂日记

们讲解了具体工作和操作规范，并给每个人分配了任务。我们认真地听着，默默记好。我感到心中充满力量，也掺杂着一丝紧张和激动。我们提前一个小时进舱，在更衣、消毒的区域穿戴好防护设备，护士长一个个检查符合安全标准后，我们经通道进入了病区。

映入眼帘的是一排排整齐的病床，病患或坐或躺在床上，医护人员都在有序工作……说实话，不害怕是假的，但也就那么一闪而过，心中的力量反而让我的步伐更加坚定。仔细做完交接班，我们按照工作职责，尽力服务好自己的区域。这里收治的是轻症患者，我们的职责是悉心为他们做好基础护理，耐心做好生活服务。我

们13名护士服务178名患者,按照医嘱监测生命体征、指导患者吃药、采集标本,按时将患者的营养餐送到床边,发现有不适者及时上报医生处理。

为了保证在隔离区的高效工作,我们10多个小时不吃不喝,甚至全部穿上了纸尿裤,以避免上厕所浪费防护装备。防护服、隔离衣,所有装备都穿在身上,我们被包裹得像个机器人,行动起来有些笨拙,呼吸也有些困难。工作几个小时,我们浑身是汗,衣服都湿透了,手指头感觉也被泡发了,护目镜在脸上勒出了深深的印子,耳朵也被勒得火辣辣疼。但大家没有任何抱怨,特殊的战场就需要我们付出更多的努力。

白天,轻症患者吃完饭也会一起跳广场舞适当活动身体,既能活跃气氛也能放松心情。患者们的精神状态也很积极乐观,提高免疫力才能更好地战胜病毒,更快地康复出院。在这里,我感受到了四个字的力量——同舟共济。

值班结束后,我们用了差不多一个半小时出舱脱防护服。穿戴防护服的关键在于脱,脱防护服必须严格按照流程来,即使慢也一点儿不能马虎,否则就有被感染的风险。然后,我们进入已经专门消毒用来更换衣物的帐篷，洗澡后换上干净的衣服。洗漱时特别要注意细节，必须冲洗眼睛、耳郭、鼻腔等。

2月9日，为了工作时减少感染的概率，不让头发暴露给病毒，大家提出将头发剪短。武汉的理发师专门被接来给我们剪头发。他戴着口罩，我们却能看出他眼中的关心。他说："这是我第三次来为白衣天使剪头发，感谢你们为武汉作出的牺牲！"我对他说："再短点也行，为了安全嘛，反正头发还会再长出来的，待我长发齐腰，再来武汉吃热干面。"理发师还细心地给我在头发侧面"画"出一道"闪电"，和我哥哥的发型一样了。

有的姐姐留了好多年长发，甚至从来没有剪过短发，她们摸着自己的头发有些心疼。"没事，剪了还能长！"一个姐姐说完便毅然决然地坐到了理发的凳子上。当一缕缕青丝被剪下，大家脸上是坦荡，还有自豪。我想，除了与病毒战斗，估计我们这辈子再也不会剪这么短的头发了。

我们从一个个小姐姐变成了小哥哥，大家还在一起开玩笑："回家都没人认识了吧！""就怕家里孩子不认识自己啦！""体验了一把当男孩子的感觉，还蛮帅的！""剪完头发，脖子凉飕飕的！"

"你看我有几分像从前?"老妈和我视频的时候,她笑嘻嘻地安慰我说:"还是蛮帅的嘛!再长出来的头发,发质会更好!"

"疫"无反顾,这就是勇士吧!当我们下定决心一往无前时,平凡的人都会变得强大,还有什么病毒不可战胜呢?

亲爱的我们,虽然很累,还是要加油呀!

夜深了,做个好梦,明天继续战斗!

时间:2020年2月19日

从病人的笑容，
感受到医生的职业价值

地　点　武汉客厅方舱医院
记录人　宁夏医科大学总医院　杨生平

今天是我到武汉的第 16 天，武汉客厅方舱医院是我工作的地方。下午 2 点的班，我中午 12 点半就做好了准备，和陈华、吴岳轩从驻地出发。提前 20 分钟进舱，这是我们的习惯。早进来一会儿，可以让前面的战友们早点出去休息。

从进来就开始忙活起来。护士不停地报告病人的情况，也有很多病人来咨询自己的病情和检查结果。有一

位女性病人，一进办公室的门就开始哭，询问原因才知道，家里有人因患新冠肺炎去世，她自己这次核酸检测呈阳性，心里压力很大。我花了近20分钟终于缓解了她的恐惧和紧张心理，最后她笑着走出了办公室。看着她离去的背影，我思绪万千。

其实很多病人和她一样，有的失去了亲人，有的全家人都在住院，有的家人出现好几个危重，这放在谁身上都是一种折磨。很多病人从方舱医院开始收治就进来了，已经住了10多天，有担心，更多的是着急，我只好一一安慰他们。有的病人担心自己肺不好，心脏也不好。为了缓解他们的紧张，我给每人做了一份心电图，看到结果正常，他们喜笑颜开。面对这些病人，更多的理解和关心就能让他们安下心来治疗。

墙上贴着一封情人节的"情书"，这是病人写给我们医护人员的，每次上班看到我都会湿了双眼。为了给病人宽心，我拿起话筒，讲了我的亲身感受："一个美丽的武汉，街上空无一人。我怀念武汉的熙熙攘攘，我怀念武汉的车来车往，我想尝尝武汉的热干面，我想嚼一口武汉的鸭脖……"还没讲完，我就哽咽了……

我给患者们读了一封宁夏固原市原州区小学四年级

的孩子们写给武汉的信，大家的眼睛都湿润了……

我们一定会尽最大的努力，还大美武汉一片净土，还大美武汉昔日繁荣！

我给患者们建了一个微信群，让他们加进来，相互交流，相互帮助，有检查结果可以及时发到群里让大家看到。这一举动使整个客厅方舱医院 B 厅的患者兴奋异常。

到了快下班的时候，患者们自发组织做广播体操，做完后放音乐跳舞，这是他们放松的最佳方式。有几个病人硬拉着我要给他们唱歌，有位女性患者邀请我和她一起唱。虽然我歌唱得不好，但还是同意了，最后收获了大家热烈的掌声，大家让我再唱一首。戴着口罩，呼吸本来就费力，但不能让大家失望，于是我又唱了一首。医护人员和患者手拉手，大家转着圈为我伴舞。此时此刻看到他们的笑容，我真切地感受到作为医生的价值所在！

完成了工作，交完班，有几个病人硬拉着我坐在病房床头让我再讲讲治疗上的相关知识。我明白他们想了解病情的迫切心情，于是一一讲解。出舱后，脱掉防护服，里面的衣服已经湿透了，但我并没有感觉到累；相反，很轻松……

时间：2020 年 2 月 19 日

人间值得

——老乡寄来了 50 个爱心口罩

地　点　航空工业襄阳医院
记录人　固原市人民医院　屈文慧

收到快递小哥送来的包裹，我猜测大概是 50 个 N95 口罩，包裹上没有寄件人的地址及姓名，我通过微信扫描后得知快件是从重庆寄来的，便迫不及待地打开外包装，小心翼翼地剥开层层包裹着的严实的塑料薄膜，果不其然，是一摞呈瓦片样整齐排列的 N95 口罩。看着这些曾经被我婉言谢绝，又几经周折后最终还是来到我这里的口罩，我替医疗队所有的队员签收了它。

早在 2 月 5 日的时候，我收到一条属地为湖北武汉的手机短信，内容是："我是固原人，在武汉工作，我通过朋友知道你们在航空工业襄阳医院。我通过各种渠道找到了 50 个 N95 口罩，可以直接邮寄到医院，您签收吧。希望能尽一点力，也希望你们早日平平安安回大固原哦！"当时收到这条短信很意外，我感觉到了全社会对医务人员的关心和关注，但更多的是一种使命与担当，顿觉压力大责任重。我没有足够的底气接受这份沉甸甸的期望，担心自己做得不够好，有负于人民，所以我这样回复道："我很感激，却不知道用什么言语表达此刻的心情。在防护用品极为紧缺的情况下，您却要邮寄给我们，我代表全体队员对您表示衷心的感谢，但是我不能收这份贵重的礼物，也许您比我们更需要它！您的安全就是对我们最大的支持。"

十几天过去了，由于工作繁忙，我已将此事忘了。昨天快递小哥听说我是宁夏医疗队的，便以最快的速度将包裹送到驻地。怀抱包裹，我心里满是感激，感谢这

位素不相识的老乡。

我想，当灾难来临时，每一次的凡人善举都诠释了中国人"一方有难，八方支援"的精神，让我们觉得人间值得！每一份捐助物品都凝聚着爱心、牵挂与祝福，就像萤火虫的光，虽然微弱，但千万只萤火虫的光汇聚在一起，就可以照亮世界。

"我不知道你是谁，但是我知道你为了谁。你邮来的50个爱心口罩我收下了，感谢你遥远又贴心的爱！"思索再三，在给老乡的短信中我打出了这一串文字。

时间：2020年2月20日

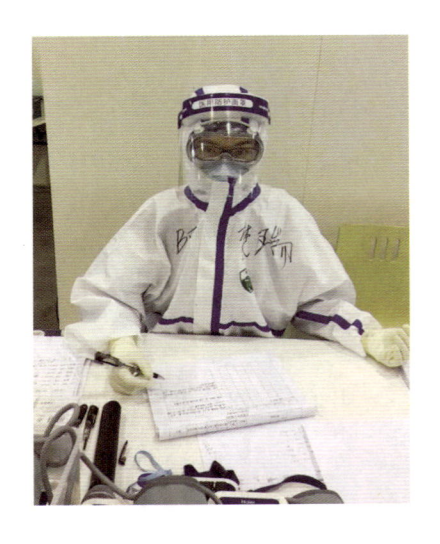

进舱后头晕想吐，
为了不浪费防护服我必须坚持

地　点　武汉客厅方舱医院
记录人　青铜峡市人民医院　樊瑞

　　2月4日下午2:25，当我得知医院接到了宁夏回族自治区卫健委又要组建一批医疗队支援湖北抗疫的消息后，我立即报名参加。随后得知医院的护士姐妹们都争先恐后地报名，不到半小时名额就满了。由于时间紧急，

院里要求大家晚上6点集合，乘晚上9点的飞机前往湖北。于是，我赶紧给同事交代了科室的工作，跑回家简单收拾好行李，匆匆与家人告别。

谁知临出门的时候，我3岁10个月的女儿小糖果，平时一直乖巧懂事，每次上班前她都会说："妈妈，再见。"那天不知怎么了，当我抱起她，与她说再见的时候，她的眼泪哗啦啦的，还一把搂住我的脖子说："妈妈，我不让你走。"听她这样说，向来勇敢的我也禁不住泪流满面。我在想，小小的孩子能懂什么呢？难道她知道妈妈要去危险的地方吗？时间太紧，顾不得多抱女儿一阵，我亲吻着她的额头和小脸，告诉她要听话，然后硬是把她的一双小手从我的脖子上拿了下来，把她塞给家人，提上行李转身就往外跑。此刻，我心里想：我的宝贝，妈妈唯一能做的就是成为你学习的榜样。

作为一名共产党员，作为一名护士，特别是一名急诊科的护士，我没有豪言壮语，只有实际行动，因为我有责任、有义务前往湖北支援。

到达武汉以来，我们的支援医疗工作开展得很顺利，所有队员都身体健康，斗志昂扬。经过5天紧张而有序的培训，姐妹们认真练习，一遍遍洗手，一遍遍穿脱防护服，为的就是减少被感染的概率。为了让大家更好地掌握训练内容，宁夏医科大学总医院的老师不厌其烦地作演示，详细讲解，甚至细致到身体应该是前倾还是后仰。大家分组练习，拍视频，讲要领，强化训练，最终大家都熟练掌握了穿脱防护服的方法，目的就是为了保护好自己，保护好战友，做到零感染，打赢这场战"疫"。

姐妹们将心爱的长发全部剪成了短发，并剃掉了鬓角和后脑勺上的头发，尽可能不让一根头发沾染上病毒。我们要加强防护，减少隐患，因为一旦有人被感染，那我们就是打了败仗，不但会给国家带来麻烦，还会连累战友。

2月9日下午2：25，接到晚上要进舱的通知后，队员们的心情既兴奋又有点胆怯。当晚是我们进入方舱医院上的第一个班，工作时间为凌晨3点到第二天早上9点。做好一切准备工作后，我们抓紧时间休息，晚上12点半被闹钟叫醒，快速洗漱完毕，凌晨1：20我们整装出发。

武汉的夜晚很寂静，路上只有数得过来的接送车辆和救护车，我们就像一支"夜行军"，为了使命而勇敢前进。来到方舱医院，换好防护服后我们进入舱内，开始了第一个夜班。看到病区的病人，我在心里暗暗告诉

自己，这就是我们的战场，我们每一个人都必须打起精神，努力打赢这场疫情阻击战，让患者早日康复，与家人早日团聚！

忙碌中，时间过得很快，转眼间就到了上午9点。交完班后，大家陆续出舱，这时已是中午12点。大半个夜晚的忙碌，让姐妹们个个脸色憔悴，说话也无精打采；脸颊、额头、耳朵被口罩、帽子、护目镜压出了一道道深深的印痕，真是叫人心疼不已。我们互相看着，忍不住笑起来，即便如此，我们也不后悔，因为我们知道自己肩上的责任。为治病救人，再多的付出也是值得的，我们一定不辱使命，尽自己最大的力量，共同抗击疫情，相信胜利不会太远。

胡丽红是我院护理部副主任，也是我们这支医疗队的队长。2月9日下午，她被抽调与其他几位主任和护士长提前进入方舱医院，安排我们后续的护理工作。回来时已是晚上10点，她晚饭都没顾上吃，又叮嘱我们一定要保护好自己，做好个人防护工作。

原本那天晚上胡丽红可以不和我们一起进舱，队友们也纷纷劝说："主任，你辛苦一下午了，晚上回来又这么晚，已经很累了，就别和我们一起进去了，好好休息吧。"可她却果断地说："不行，再累我也得和你们一起进去。我把你们9个人一起带出来，你们在哪里我就在哪里。和你们在一起，我才能安心。我必须把你们每一个人都安全地带回去，我不累，我能行。"听到这样的话，我们都沉默了。在这场没有硝烟的战役中，我们一定要克服一切困难，团结一致，努力完成任务。

　　今天穿防护服比前几日更熟练了，速度快了许多。穿着这身战袍，进舱后不到一小时我就觉得头痛、头晕、呼吸困难、恶心反胃。但因为层层防护又不能在舱内摘下口罩，这时，我感觉胃里的食物已涌上了嗓子眼。站起来深吸了一口气，缓了一会儿，我才感觉舒服了一些。虽然已经筋疲力尽，贴身的衣服被汗水浸透，但是为了减少防护服的浪费，我必须坚持。有位阿姨来找我测量血压，问我："小姑娘，你多大了？你们不是本地人吧？"我说："嗯，我们是宁夏医疗队的。"阿姨说："你们宁夏医疗队真的太伟大了，感谢你们千里迢迢来帮助我们。虽然听不太懂你们说话，但每天看到你们为我们忙前忙后，嘘寒问暖，我们真的很感动，谢谢你们。等阿姨病好了，下次你来武汉玩，阿姨一定打扮得漂漂亮亮的，开车去接你们到我家来做客。"听到这话，我的眼

眶湿润了，多么朴实的话语啊，我的心里充满了感动。原本每天的工作强度就很大，再加上穿的防护服不透气，护目镜工作久了就会出现一团雾气，整个人又热又闷。但听到阿姨的这番话，我觉得我们的付出是值得的。如果我们的付出能换来武汉人民的健康，再苦再累都是值得的。

　　在这里工作的每一天都很有意义，虽然防护服穿起来很累很难受，但是我们为爱逆行。防护服隔离了病毒，却隔离不了人与人之间的真情，隔离不了宁夏与湖北之间的友谊。

时间：2020年2月21日

我看到襄阳人民的坚强与勇敢

地　点　襄阳职业技术学院附属医院
记录人　宁夏医科大学总医院　赵晓芳

今天是我来到襄阳的第 11 天，很荣幸我被医院选派为第三批援助湖北医疗队队员，我援助的医院是襄阳职业技术学院附属医院。回想疫情来临时大家踊跃报名、签请战书以及医院同事为我们送行的画面还历历在目。

2月12日下午6点到达住地后,我们分发了物资,领导和老师们讲解了疫情期间工作的相关注意事项,转眼已是晚上11点多了。

第二天早晨,我们进行了紧张有序的岗前培训,考核合格后才正式上岗。记得刚进培训楼的那一刻,看到对面隔离病房的阳台上一位老爷爷拿着饭盒在吃早饭,于是我对他挥了挥手。让我惊讶的是,他竟然看见了并对我也挥手示意;紧接着我竖起大拇指为他点赞,他也同样竖起了大拇指;我又握紧拳头比了个加油的手势,他也跟着比了个加油的手势。那一刻,我深深地被老爷爷所感动,这让我感觉到,面对疫情,襄阳人民远远比我想象的要坚强、勇敢、乐观。

还记得第一天进舱的时候,推开隔离病房的门,我准备给一位老奶奶输液。老奶奶的手冰凉,她泪眼婆婆地问我:"小姑娘,我什么时候才能好啊?我想回家!"我的内心有一股说不出的滋味儿,握着她的手,我连忙安慰她道:"快了,奶奶,很快您就能好起来了,到时候我送您到病区门口。""谢谢你啊,小姑娘,你说话的口音不像我们这儿的人。""我是宁夏人,是这次来支援襄阳的。"老奶奶说话时几度哽咽,颤抖地握着我的手说："谢谢你，谢谢你们来帮助我们。你们给了我们积极治疗下去的信心，我们一起加油！"当时，我的眼泪忍不住流了下来，我想，我要和襄阳人民战斗到胜利的那一天。

时间：2020年2月22日

我告诉病人，
你正向灿烂的阳光里走来

地　点　襄阳市传染病医院
记录人　石嘴山市第二人民医院　刘学文

今天是我来到襄阳的第 10 天，在襄阳的这些日子里，我忙忙碌碌很是充实。

病房里有一位女性患者住院一周后仍高热不退，通过详细了解病史、化验检查发现，患者白细胞增高，

CRP、中性粒细胞均明显升高，考虑合并细菌感染，我及时调整治疗方案，经过3天治疗，患者体温逐渐下降，不适症状减轻了。今天去查房，患者主动告诉我说，换药后感觉很好，并对我竖起了大拇指。此时的我充满了成就感，感觉一切付出都是值得的。

还有4位患者收到了我的好消息，分别是19床的周先生、29床的李先生、13床的王先生和27床的帅小伙。"首先恭喜你们，通过你们自己坚强的意志和积极的配合治疗，现在体温恢复正常已超过3天，症状缓解了，CT结果显示病灶明显吸收了，两次核酸检测均呈阴性，达到了出院标准，你们马上就可以治愈出院了。"听我这么一说，这4位像是约好了似的，像孩子一样高兴得手舞足蹈，纷纷表示感谢并且加了我的微信，一时间"鲜花""掌声"扑面而来。我想我只不过是做了自己的本职工作而已。

今天我还用一种特殊的方式给病人讲解CT片子。病人在病房，我在观片灯下，左手持电话右手不停地在片子上比画："嗯，不错，效果真的很好，病灶吸收超过50%，实变在消散。浓雾笼罩的天空逐渐晴朗了，放心吧，你正向灿烂的阳光里走来。"电话的这头我都能感觉到他喜悦的心情。

初来时的恐慌、担心、紧张曾使我忐忑不安，担心不能很好地完成任务。经过医院严格的防控培训和反复穿脱防护服的实操训练后，我们每一个队员都能熟练地掌握训练内容，培训考核合格后，大家对进入隔离病房工作充满了信心。一周的临床救治工作证明我们个个都是好样的！我们医疗队22名队员全部都能胜任工作并得到了当地医院医务人员及患者的认可和好评。

　　战友们，让我们一起继续加油！

时间：2020年2月22日

战疫有你有我，
小爱汇聚大爱

地　点　襄阳市传染病医院
记录人　石嘴山市第二人民医院 吴荣

　　今天是我来到襄阳的第 10 天，路两旁不知名的树新发了绿芽，医院门口我最喜欢的山茶花吐出了花蕊，我们也换上了春装，轻装上阵。想必全国人民都期盼着等到春暖花开，疫情结束，我们摘下口罩，相互拥抱微笑。

当然让人欣喜的不仅仅是春暖花开。最近几天，全国确诊人数持续走低，治愈人数持续走高，这背后是许许多多的人把普通岗位上的工作做到了极致。我们只是换了个地方工作，我们只是像萤火虫一样的普通医务工作者，大家聚在湖北、聚在襄阳，聚成了一束光，聚成了一团火焰，燃烧着，为全国战"疫"贡献自己的一份力量。我们的背后有千千万万个完美的你们，有出征时航空公司细致周到的服务，有传染病医院里每天负责转运医疗垃圾的叔叔阿姨，他们的敬业精神处处感动着我。

来到襄阳传染病医院，我被分到了四病区。查房的时候由于穿着密不透风的防护服，脸上的微笑不能露出来，但是我希望我的声音能像一道光照进每一位病患的心里。27床的张阿姨说自己这两天有点咳嗽，我想这可是我的专业强项呢。仔细询问完病史，阿姨一个劲儿地谢我，我的内心很充实也很满足，因为这就是我们来的意义。不怕辛苦，就怕无用！穿上这件白大褂就是责任，就是力量。

这场战"疫"让全国人民越发团结，靠的是你们、我们、他们共同的努力。小爱汇聚成大爱，胜利还会远吗？

时间：2020年2月22日

患难识朋友，谊长情永在

地　点　南漳县医院
记录人　吴忠市人民医院　朱丽娟

　　转眼间来到湖北已经 24 天了，今天才有空隙让紧绷的情绪得以放松。我是一个不善言辞、不喜欢表达的人，一直以来也没有记日记的习惯，但今天因为有太多的情感想表达，终于还是没有忍住泪水。

　　此次逆行，我没有告诉太多人，尤其是刻意隐瞒着父母，不敢视频通话，因为他们年龄大了，真的不想让他们担心。昨天《宁夏日报》公布了宁夏援助湖北人员

的名单后，爸爸妈妈打电话问我："你是不是去武汉了？"见隐瞒不住，我笑着说："我在湖北襄阳，都挺好的。"电话那头听见了哽咽的声音，我瞬间泪目。我还收到了很多亲朋好友的信息和留言，句句叮咛和加油的话语，今夜想起，心里仍然很暖，谢谢你们！

还记得到达襄阳后，我与本院的战友分开了，被分到了南漳县医院。听说他们缺重症科的医生，于是我服从安排，到达地点后迅速投入工作。其实当时我还是有些小担心、小紧张的。工作中我与中卫的战友结下了深厚的友情，和南漳县医院的几位医生相处得非常融洽，闲暇时大家会一起聊聊天，他们会告诉我一些当地好玩的、好吃的以及有趣的事。每次进入隔离区，总能听到患者说："谢谢你们！你们也一定要保护好自己啊！"听到这些，我心里暖暖的。

时光飞逝，与南漳县医院的医护人员一起工作已经24天了，我将要转战襄州区医院。临别时院方表达了对我们医疗队最崇高的敬意和感谢，并送上了鲜花和感谢信。看到大家对我们工作的认可，我觉得再多的付出都是值得的，再大的困难都是能克服的。

今夜我被温暖着，患难识朋友，谊长情永在！期盼春暖花开的那一天尽快到来，人们不再需要隔着口罩、防护服，而是能够直接手牵手、肩并肩，紧紧拥抱在一起，一同感受这春天的阳光明媚、生机勃勃！

时间：2020 年 2 月 23 日

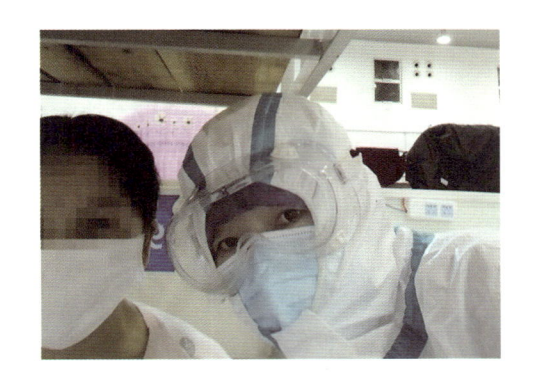

不必言谢，
因为我们是一家人

地　点　武汉客厅方舱医院
记录人　彭阳县人民医院　韩引梅

武汉的夜很静。2月21日凌晨1点半，路上唯一的一辆公交车载着我们来自宁夏的护理姐妹，疾驰着驶向武汉客厅方舱医院。那里灯火通明，仔细地交接班后，我们中有的人查对医嘱，有的人巡视患者，有的人核对药物，有的人在为明天采集咽拭子做准备，大家一个个都忙碌着。

我去巡视病房，生怕防护服和靴套的相互摩擦声吵醒患者，于是放缓了脚步，轻轻地走着。看到大家熟睡的样子，我安心了许多。就在这时，我发现前面B926床的熊姐没有睡，她坐在床上，面前放着一个盆子，佝偻着身子。我赶忙过去一看，瞬间眼睛就模糊了。原来她是一位尚在哺乳期的妈妈，经过交谈得知，她的孩子才5个月大，她和老公都感染了新型冠状病毒，都住在武汉客厅方舱医院。60多岁的婆婆和宝宝也被隔离在宾馆。她睡不着，一方面是因为太想念自己的宝宝，另一方面是因为涨奶痛得不行。

了解情况后，我对她进行了心理疏导，告诉她："为了宝宝，你一定要坚强勇敢一点，吃好，休息好，配合治疗，相信很快就会康复！"然后，我征询医生，看能不能给她开点回奶的药，又报告护士长，希望能联络外面给她买个吸奶器。

熊姐的情况让我非常着急，因为出来得急，她没有带换洗的衣服，所以我把我的新秋衣秋裤送给了她。当天下午我让换班的老师把衣服带给了她，熊姐非常感动，说一定要当面谢谢我。

我想，在疫情面前，我们都是一家人，不必言谢。只要我们同心协力、共克时艰，我们和家人一定能够早日团聚，一定能取得疫情防控斗争的全面胜利。

时间：2020 年 2 月 23 日

愿小小香囊守护一方平安

地　点　武汉市中心医院
记录人　宁夏回族自治区人民医院　刘佳丽

小时候，我心里有一个英雄梦，渴望变成超人拯救世界，也想像消防员一样，带给灾难中的人们生的通道。长大后，我成为一名医护人员，在平凡的岗位上默默做着自己的事情。

2020年年初，一场突如其来的新冠肺炎疫情席卷全国，看到身处一线的同仁们连轴作战，我几度泪目。祖

国有难，我要和你们一起，站在守护生命的第一线，这是一份责无旁贷的使命。

2020年2月19日，这必定是我人生中值得骄傲的一天，这一天，我成为一名"逆行者"。

"亲爱的白衣战士们，祖国有难，你们替我们挡在最前方，请你们务必保护好自己，等你们凯旋的时候，再来接你们回家。"耳畔传来机组人员温馨的叮咛。

"你害怕吗？"我问同行的领队老师——80后的赵娟护士长。她告诉我："在疫情面前，没有人不紧张，但是我们必须选择做病人坚强的后盾。等武汉好了，国家就好了，那时候我们完成了自己的任务，就可以安全回家。我们这支队伍，队员普遍比较年轻，我要把你们安安全全带去，平平安安带回来。"

当我们顺利抵达武汉天河国际机场时，机场自发组织的接机人员不断地高喊着："感谢宁夏！武汉加油！"接机的车辆早已备好，一切井然有序。回酒店的路上路过武汉长江大桥，风平浪静的江面好像向我们讲述着这座城市昔日的繁华。

到达酒店后，工作人员告诉我们已经消毒完毕，请安心入住，还帮我们准备好了晚餐。进入房间后，护士长叮嘱大家，不要着急拆箱子、整理物品，先拿消毒剂把房间里的所有设施再擦拭一遍，然后在自己的房间中大致区分出污染区、半清洁区以及清洁区。

吃过饭后，我们医疗队携带的物资也到了，大家一起下楼搬物资。打开医院为我们准备的行李，大到电热毯、暖手宝，小到各种药品，无论是工作用品还是生活用品，一应俱全。

第二天，我们看到了宁A牌照的车，拉着满满的医疗物资以及家乡企业捐赠的生活用品。宁夏赴湖北驻扎在方舱医院的医护老师们也来了，老师们以小组为单位，为我们传授他们的经验，反复培训我们穿脱防护服，又一遍遍告知我们在病区可能遇到的各种事情。

我们援助的医院位于长江边上，几乎一半的病房都是江景房。与我们衔接的武汉市中心医院的老师说："如果没有这场疫情，我愿意带你们看遍武汉美景，吃遍武汉美食，我们武汉真的很美。"话语里有些骄傲又有些失落。不过我们有信心，等这座城市重新按下播放键，等着看武汉大学樱花的人会比花还多。

傍晚的时候，护士长给我们每个人都送来了一枚香囊。我把它挂在了房间的窗子上，愿这枚香囊，守护着我，

守护着每一个武汉人，守护着祖国的平安。

  我们是宁夏第五批援助湖北医疗队的"战士"，在这场疫情防控战"疫"中，我们用自己的青春、用我们的勇敢、用我们的医术与时间赛跑，与病魔较量！待到武汉大学樱花盛开的时节，我们必然平安返航。

时间：2020年2月24日

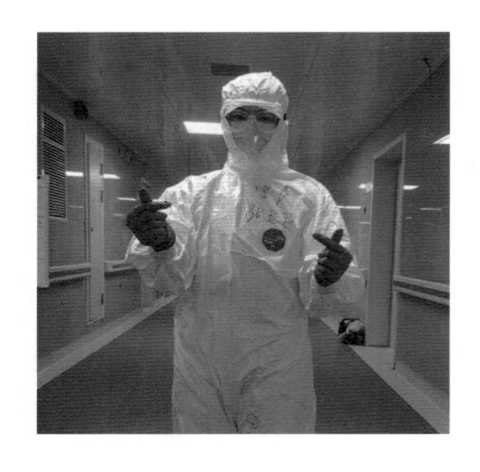

说说我的战友，
暖心的"冷妈妈"

地　点　襄阳市中心医院
记录人　宁夏回族自治区人民医院　张毛毛

　　一方有难，八方支援。作为一名医务工作者、一名护士，我觉得自己有责任有义务为这场战"疫"做点儿什么。于是，申请、报名、培训、出征，我从塞上江南来到了荆楚大地。在人们谈"疫"色变的时候，我们却

逆风而行。不是不害怕，不是不想家，而是我们觉得这里更需要我们。

2月12日下午，作为宁夏第三批援助湖北医疗队队员，我们来到了湖北襄阳。作为一个90后女孩，我是分队里最小的一名队员。大家总说我还是个孩子，所以特别照顾和偏爱我，尤其是我的"冷妈妈"，有太多的点点滴滴温暖着我的心。

"冷妈妈"是我们医院急诊科的一位主任，也是我们的领队，他的光头走到哪里都很"亮"眼。刚到湖北，气温突降，凛冽的寒风和肆虐的疫情裹挟而来，气势汹汹。冷主任每天早晨都会督促大家测体温，吃药，且总是不厌其烦地叮嘱我们，防护服太厚重，但千万要穿好，有谁在岗位上坚持不住了，一定要告知我，大家轮换休息，要保护好自己，最后我们一起回宁夏。

作为一个典型的西北女孩，湖北的饭菜我是有些吃不惯的。冷主任又监督起我的饮食，叮嘱我说："要吃饭的，要好好吃，大口吃，我们的身上是有责任的。"

只要有时间，我就会眺望家乡所在的方向。冷主任觉察到了我的小心思，说："今天给家里报平安了吗？你们放心，出门在外我就是你们的父母，想家了就来找我。"

冷主任是一名共产党员，党员的精神在他身上体现得淋漓尽致。经常听他说："大家别担心，凡事有我扛着。""有我在，大家别怕。"每天他卸下"盔甲"时，身上满是防护服和口罩留下的痕迹，反复消毒的手也是坑坑洼洼。我们提醒他注意身体，但他只是笑笑，继而又义无反顾地奔向战场，不嫌苦不嫌累，依旧坚守自己的岗位。我欣赏他的仔细、用心和大爱。

2月20日，来到襄阳的第9天，我递交了入党申请书，我想要成为像他那样的共产党员。

今天是我们来到襄阳的第13天，我想说："谢谢'冷妈妈'，谢谢所有关心我们的人。我会加油的，我们必将凯旋！"

时间：2020年2月24日

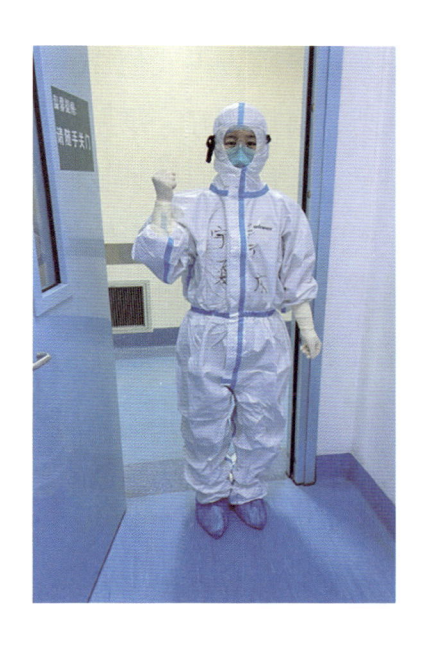

我熟悉，我来

地　点　襄阳职业技术学院附属医院
记录人　石嘴山市第二人民医院　王文庆

时间过得真快，来襄阳已经有10多天了。这些日子，虽然忙碌、辛苦，但却很充实，很欣慰。

从培训到上岗，从上班到下班，面对这份工作，我已经从初到时的忐忑变得得心应手。昨天是我上的第二个夜班。凌晨2点接班时，交班老师告诉我们216床的病人病重，病人放过6枚支架，血压不好，没尿……听到这样的病情，我是多么熟悉，好像又回到了我们心内科的监护室。虽然穿着厚厚的防护服，戴着影响视线的护目镜，身体包裹得严严实实，但我还是看出了搭班老师的那份紧张与不安。我沉着地告诉她："我熟悉，我来。"

一晚上，我每15分钟监测一次血压，根据血压调节多巴胺的泵速，严格控制液体滴速，密切观察患者心率变化及尿量……就这样，我来来回回穿梭在病房的走廊里，已数不清走了多少趟。直到早晨6点，患者的心率降下来了，血压过百了，也有尿了，生命体征平稳，无不适主诉。老人用坚定的眼神看着我说："谢谢，辛苦了。"一起上班的老师也为我竖起了大拇指，我内心的那种满足和成就感油然而生。

有一分热，发一分光。一个人的精力是有限的，但所有人一起加油，黎明一定会提前到来！让我们心手相牵，打赢这场没有硝烟的战"疫"！

时间：2020年2月24日

放心，我们绝不会多留你的

地　点　襄阳市传染病医院
记录人　石嘴山市第二人民医院　闫莉婷

今天是我来到襄阳的第 14 天，昨天夜班，我去病房接班时好开心，因为好几个病房都空了，还有好几个病房里只住了一个病人。今天是个特别的日子，听说医院要将所有病人整合归集在二病区，由我们宁夏医护团队接管，这是信任也是挑战，我们定不负组织重托，站好自己的这班岗。

我们所在的襄阳市传染病医院收治的都是确诊病人。记得我们刚到的那天，医院有157个确诊病人，我所在的三病区有41个病人。而昨天接班的时候，病区只有19个病人了，今天还有8个病人能出院，可以转到指定安置点进行隔离观察。看着空荡荡的病房、空荡荡的走廊，这些天所有医护人员的辛苦努力都是值得的。

晚上11：37，大家已经进入了梦乡，而我已经习惯在夜里查一遍病人。路过10病室，30床的刘大哥还没有睡，在地上来回踱步，虽然戴着口罩，却难掩饰他的忧愁。我拨通了他的电话，原来病房里的病友都陆续出院了，就剩下他一个人，偶尔还有些低热。他很着急，想回家，想家人，更怕自己病重。我在电话里笑着说："刘大哥，你核酸检测两次都呈阴性了，胸部CT显示的病变部位也都吸收不见了。还有，你是不是好几天都不咳嗽了？这么晚还能这么精神地在地上溜达，这说明你很快就能出院了。放心，我们绝不会多留你的。"我还给他讲了一个笑话。放下电话，我来到他的窗前又看了看，刘大哥已经准备睡觉了，眉眼也舒展了许多。他看到了我，

我在玻璃窗上画了一个笑脸,给他伸出了大拇指。天亮交班的时候,我向刘主任汇报,准备今天给刘大哥请个心理治疗师做辅导,希望可以消除他的焦虑,让他早日治愈出院,和家人团聚。

时间:2020年2月26日

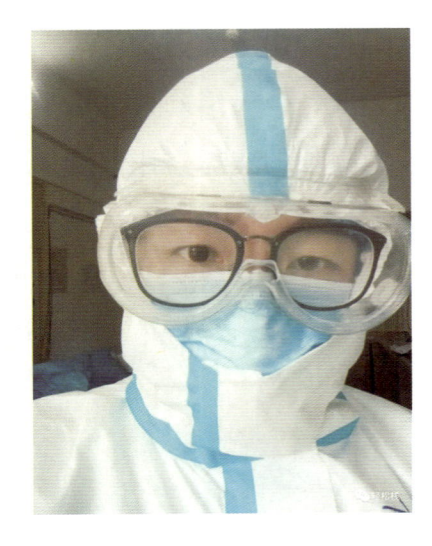

凉皮的温度

地　点　襄阳市中西医结合医院
记录人　固原市人民医院　薛蓉

今天是 2020 年 2 月 26 日，离家第 30 天。

以前吃凉皮，只是嘴馋、懒得做饭时才吃。今天，我最想念的是一碗凉皮，最开心的是一碗凉皮，最感动的也是一碗凉皮。

下午 2 点多，一起来的却分开征战的 12 个同事在另一个群里晒拌好的凉皮：红辣油、黄萝卜、绿香菜、白

凉皮。"咦，哪来的凉皮？"只看一眼我的口水就下来了，眼馋得不行，赶紧咽了咽口水。我在群里向他们"抱怨"，我怎么没有？微信一发，我的鼻子就酸了，两行眼泪顺着嘴角流了下来，也不知道我咽下的是口水，还是其他什么。小伙伴们纷纷安慰我，唉，我好像影响到大家了。

两个小时后，中西医结合医院援鄂工作群里发出通知：各小队来领凉皮！我们瞬间在自己的房间沸腾了，大家戴上口罩纷纷开门，冲到前台桌子前领自己的那份凉皮。我把凉皮拿在手里，如获至宝，真怕有人说她没有。娟娟这个小姑娘馋的一进门就入肚了，还大呼好吃。我不，我再忍忍，先拍照发到那个群里，我要报之前的"仇"。然后放到晚饭时间吃，不然我这胃可就疼得严重了。

终于熬到晚饭时间，我把手洗了又洗，把桌子又擦

了一遍，酸奶打开，电视调个好看的频道，前期的铺垫很隆重。再洗一次手，我小心翼翼地取下餐盒上的盖子，把辣椒、调料汁依次倒进去，拌匀，开吃！很滑、很劲道，似乎还有凉皮店里的温度，就是家乡的那个味儿！吃着吃着，一阵感动，凉皮碗里又多了两滴"作料"。现在动不动就因为一点小事泪目，我是不是有点矫情了？超级感谢我们强大的、暖心的后援团。

　　身处此时此地，才真正体会到中国速度、中国温度、中国奇迹。我们现在能做的，就是发出自己的那一点点小光亮，创造属于自己的一个个小奇迹，然后共同创造属于中华民族的奇迹！

时间：2020年2月26日

白衣蓝衣，
人人都是战斗者

地　点　航空工业襄阳医院
记录人　固原市人民医院　邹礼丽

我是邹礼丽，是宁夏固原市人民医院的一名护士。1月28日，我作为宁夏第一批援助湖北医疗队的队员来到了襄阳，战斗在航空工业襄阳医院抗疫一线。我爱人是一名消防指战员。

2020年春节前后，全国上下各行各业都投入到了抗

疫的战斗中，因为职责的不同，我和爱人以不同的方式同时参加了这次特殊的战斗。他选择坚守在固原防疫的战场上。

今天政治部主任李永红代表襄阳市消防救援支队党委来到我们的驻地探望。首先，作为消防队员家属我很骄傲，我仍会一如既往地支持丈夫的工作；其次，身为宁夏的医务工作者，真心感谢襄阳消防救援支队的"蓝朋友"在百忙之中抽出时间来看望我们。

在此次战"疫"中，消防救援队伍全体指战员发

扬冲锋在前、赴汤蹈火的精神，舍生忘死，逆火前行，发挥了主力军和国家队的重要作用，以血肉之躯保护人民群众的生命财产安全，用赤子之情践行全心全意为人民服务的根本宗旨，展现了消防救援指战员担当如铁、奉献如常的精神风貌和英勇顽强、敢打必胜的真我风采！习近平总书记说这是一场疫情防控的人民战争、总体战、阻击战。无论白衣，还是蓝衣，人人有责，人人都是战斗者。在此，我向你们致以最崇高的敬意。当此非常时期，让我们同舟共济，继续联手作战。

  数寸笺纸，万分感谢。最后向襄阳市消防救援支队全体指战员表示最诚挚的谢意，由衷地感谢你们的慷慨解囊和爱心之举。

时间：2020 年 2 月 26 日

你们康复回家，
是我最大的心愿

地　点　谷城县人民医院
记录人　中卫市人民医院　郝燕

穿好了笨重的防护服，戴好了护目镜、面屏，做好了一切准备工作后，我走进病区，看到了一双双无助、焦虑、恐惧的眼睛。进入第一个病房，我向她们自我介绍了一下："大家好！我是来自宁夏医疗救援队的，大家不要害怕，好好配合治疗，该吃吃该喝喝该睡睡，有

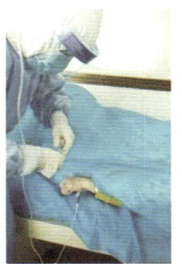

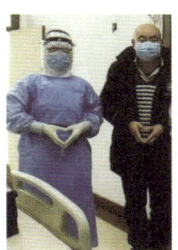

你们康复回家，是我最大的心愿　091

困难和需求跟我说，以后你们的护理由我来负责，我叫郝燕。"很快我就进入了工作状态，接着向其他病房里的患者也做了介绍。大家听到这个消息，心里稍稍踏实了点。有病人说："小妹妹，为你们点赞！""你们离这儿应该很远的，你家里人不担心你吗？""小妹妹，你不害怕吗？"……我被她们的热情感动了，说："为患者解除病痛是我们的职责。我们有科学的防护，不怕！你们一定要相信自己，这病是可治的，一定会好起来的，

你们一定会和家人团聚，相信自己，加油！"她们热泪盈眶地说："谢谢你，小妹妹，你们才是最可爱的人，是最美的逆行者，加油！"听着她们亲切的称呼，我的眼睛也湿润了。

"真为你们感到高兴！你们康复了，就是对我工作最大的肯定，也让我看到了胜利的曙光。"我心里坚定地对自己说。

春天的好消息如约而至，我似乎看到大街上车水马龙，商场里一片热闹，商铺的卷帘门全都拉起，那些许久未见的人谈笑间嘴角上扬……多美的景象啊，这不就是我们现在所期盼的吗？病毒无情，人间有爱，我们再坚持坚持，病毒终会被打败，胜利必将属于我们这个伟大的民族。

武汉加油！湖北加油！中国加油！

时间：2020年2月28日

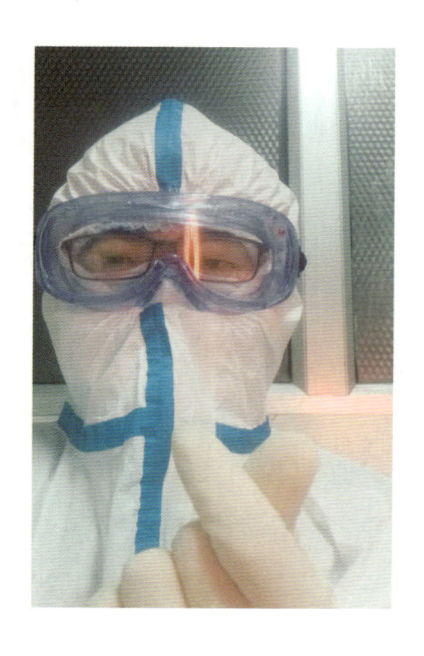

我不是英雄，
我只是防护服下平凡的医生

地　点　襄阳市中西医结合医院
记录人　宁夏回族自治区人民医院　王艳

不知不觉到湖北已经一个月了，从保康转战襄阳市中西医结合医院已经一周了。昨晚，我在发热门诊值

小夜班，从晚上8点一直忙到凌晨2点，不知道为什么，从穿上防护服开始我就觉得呼吸困难，气短，憋闷。我张口呼吸了很久，感觉都动用了辅助呼吸肌。我时不时用手拉起口罩，大口喘气，几次之后才舒服一些。近日襄阳全市疫情态势向好，晚上发热门诊只有几个体检的居民。我发觉穿着防护服是不会有一点儿困意的，就一直坐着坚守到下班。

凌晨2点，襄阳的夜，静谧，空气清新，微风拂面。回来后先洗澡，收拾完已经是凌晨3点半了。早上不到8点我就醒了，我都佩服自己这种规律的作息时间，不管几点入睡早上一样按时醒来。

接近中午的时候，王楠处长发来消息让我15分钟后下楼。说实话，出来这一个月，我们的领队郝局长和我们的联络员王楠处长就像是我们的亲人一样。我迅速穿好衣服下楼。郝队长给我们传达了孙春兰副总理在支援湖北340多支医疗队代表视频会议上的讲话精神。她充分肯定了各医疗队的工作及成绩，并表示目前这场战役已经到了关键时刻，大家一定要在做好安全防护的同时，始终保持昂扬的斗志，不能松懈，不能麻痹。

从医十几年来，由于这次席卷全国的新冠肺炎疫情，医生被赋予了英雄的称号。就我个人而言，如果非要成为英雄，我也百分之百地不愿意以这样的方式被命名，而且我从来没想过要成为英雄。千言万语还是那一句话：我是共产党员，我是医生，这就是我的责任，义不容辞的责任。自始至终我都一直坚信，有我们伟大的中国共产党的坚强领导，有全国各族人民、各条战线上的同胞们的万众一心、同心协力，我们一定会打赢这场抗击新冠肺炎疫情的人民战争、总体战、阻击战。

在新闻上看到武汉的早樱已然跃上枝头，我坚信，很快，全国人民都能共赴樱花舞之约。

时间：2020 年 3 月 2 日

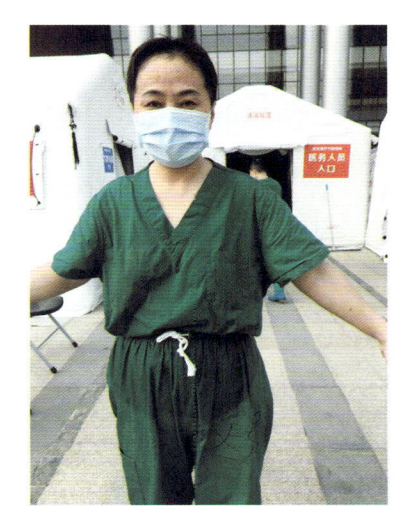

王阿姨出院那天，爱让我们紧紧拥抱在一起

地　点　武汉客厅方舱医院
记录人　盐池县中医医院　李文娟

　　随着诊疗方案的一次次更新，患者的治愈率不断提高，病亡率显著降低，疫情防控形势出现了喜人的逆转，原来的"人等床"变成了现在的"床等人"。看到一个个康复的患者走出医院，看到他们脸上露出久违的笑容，

作为一名医护工作者，我觉得很幸福。

大年初二接到上班通知后，我立刻放弃春节休假，返回工作岗位。湖北的疫情牵动着每一个中华儿女的心。医者仁心，救死扶伤是我的天职。得知要组建盐池县援助湖北护理专业医疗队的消息后，我毫不犹豫地向医院递交了"参战"申请，主动请缨驰援武汉。2月4日，作为盐池县首批援助湖北护理专业医疗队的一员，我和14位姐妹没有来得及和亲人告别，就匆匆离开了家乡，连夜出发赶赴湖北，投身战"疫"最前线。

来到这里才发现，一线的严峻形势是常规护理无法想象的。为了更好地工作，同时还要保护好自己，我和姐妹们参加了一系列防护、院感知识培训，一次次练习穿脱防护服，一遍遍熟悉操作规程，对每一个环节的操作都要做到零失误，直至考核过关。按照上级安排，我们被分到武汉客厅方舱医院B区工作。进舱前我们穿好防护服，然后大家相互检查确认无误后再进入。我负责25位患者的护理，每天的工作是巡视病房、测量生命体征、发药、送饭、测血糖、做健康宣教等，几圈下来，人早已气喘吁吁，大汗淋漓。

在这个非常时期，在特殊的环境里，这些特殊的患

者，他们不仅需要身体上的治疗，更需要心理上的抚慰。厚厚的隔离服、口罩、护目镜虽然阻碍了我们与患者之间的正常交流，但阻挡不了我们之间心灵的相通，他们感激的话语和坚定的眼神足以让我们斗志满满！患者王阿姨出院那天正好是她的生日，我将心爱的香囊赠予她，爱让大家紧紧地拥抱在一起！

这次参加援助湖北的任务，也让我的人生又多了很多第一次：第一次说走就走，第一次火线递交入党申请书，第一次做理发师，第一次穿尿不湿，第一次穿着厚厚的防护服工作，第一次过生日没有家人的陪伴……这一个个第一次让我流过泪、淌过汗，甚至是冒着生命的危险，但一切都是值得的。这些第一次让我变得更坚强，让我懂得了责任和担当！

广大白衣战士夜以继日地在努力，我相信，武汉，一定会好起来的！

时间：2020年3月4日

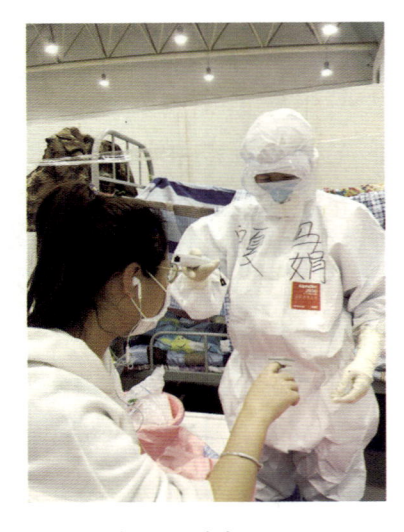

脱去防护服，
一口气喝 500 毫升水

地　点　武汉客厅方舱医院
记录人　惠农区人民医院　马娟

　　放弃了节日休假，割舍了亲情，我们冒着被病毒感染甚至牺牲的危险，逆向前行，勇敢地奔赴战"疫"一线。刚开始得知成为宁夏援助湖北医疗队第二批队员后，我的内心还是有一些忐忑不安的。孩子才4岁多，平时因

为家远，常常不能好好陪孩子在家多待几天，好不容易盼到了春节，又遇到了这次特殊的使命。但当我看到每天都有数以千计的确诊病人出现时，我毅然决定要到一线去。还记得临走的那一天，儿子拉着我的手哭着不放，我对儿子说："妈妈去跟病毒打仗，把病毒打败就回来陪你。"儿子的哭声揪着我的心，我都不敢再回头看一眼，硬着头皮抹着眼泪离开了家。

来到武汉，我被分配到武汉客厅方舱医院。入舱前穿戴防护设备的要求十分严格，每次从穿到脱最快也得30分钟，再加上消毒、洗换，这个过程就要1个多小时。为了减少接触机会、减少污染和麻烦，队员们都把头发剪短了，我干脆理了个寸头。当我回到房间照镜子时，看到自己的形象，我瞬间泪目。

进入方舱医院的日日夜夜，每天都重复着测体温、脉搏、呼吸、血压、氧饱和，以及采血、发药、送餐、测血糖、解答病人的疑问和作记录等工作。发一次药或送一次餐紧跑着就得1个多小时，有时还要帮病人打水、热饭，来回一次浑身就已经湿透，汗水顺着脊背直往下流。

还记得第一次穿防护服工作，看着一排排床上的病人，说不紧张那是假的。前几个小时，憋闷得让人难以忍受，护目镜起雾了就得憋住气等几秒钟再慢慢呼气。经过两个小时左右的工作，汗水不流了，护目镜也不起雾了，憋闷的感觉逐渐减轻了点，但紧接着袭来的感觉是口干舌燥。6个小时不能喝水实在是难熬啊！没有尿憋的感觉，可能是体液全从汗孔排完了吧！

开始我还和别人不断交流，安慰较重的病人，疏导患者的心理，到后来，加上气短真是连说话的力气都没有了，只能听着病人讲话，尽力地一一去解答他们的疑问，安抚他们的情绪……下班时间到了，进入缓冲一区、缓冲二区，逐层脱去护具，防护服里面的衣服已是湿的。到清洁区更衣，我大口喘气，大口喝水，一口气喝了500毫升，喝完又是一身汗，刚换的衣服又湿了。从出发上班到下班回到房间已经有11个小时了，洗完澡，我瘫倒在床上，整个人都软了。除了喝水，看着眼前的饭菜我没有一点食欲。

闭目养神一个多小时后，起床吃饭，精神有所恢复。我开始一点点回顾第一次上班的过程中有无什么遗漏，有无说不到位和做不到位的地方，下一个班应该注意哪些事项。

想到自己是一名支援武汉的医务工作者，看到那些渴望的眼神，心想如果我害怕了，那些不幸感染新冠病毒的患者又是怎样的心情呢？我们有行为规范，有操作指南，有科学的防护措施，同时还有战胜病毒的信心。想到这些，第二次进方舱医院我就自然多了，呼吸逐渐顺畅，汗水也没那么多了。病房里处处可见谈笑风生的景象，我们和病人之间的交流也自然多了。他们说得最多的话就是："你们从宁夏那么远的地方来支援我们武汉，我们都很感激你们。谢谢你们，你们辛苦了！"甚至还有很多病人拉着我们合影留念。

今天已经是整整第30天了，很多病人的症状都缓解了，多数病人在我们的精心护理下已治愈出院，我们的心情也一天比一天明亮。我们发自肺腑地高兴，这是我们大家并肩战斗的胜利成果！

时间：2020年3月4日

白衣执甲 逆风行 宁医援鄂日记

萍儿，待疫情结束嫁给我可好？

地　点　武汉市中心医院
记录人　宁夏回族自治区人民医院　李涛

"结婚是小事，救人是大事，你去吧，我在后方支持你；但病毒凶险，你一定要保护好自己。"电话那头，萍儿的声音已经哽咽。我故作镇静："不用担心我，保护好自己和家里人，等我回来。"

我的未婚妻张萍和我是同一所医院风湿免疫科的护士，我们本来计划3月12日在老家举行婚礼，所有结婚事宜都已准备就绪。可是新冠肺炎疫情肆虐神州大地，我主动报名，想到一线去守护祖国和人民。当看到自己的名字出现在医院第四批援助湖北医疗队队员名单里时，我的内心非常激动。在夜以继日地培训各项操作及防护流程并考核过关后，我所在的宁夏第六批支援湖北医疗队二队进驻武汉市中心医院后湖院区，全面接管发热四病区。在值第一个大夜班时，在不熟悉系统、不熟悉流程的情况下，通过上级医师的指导，我把一个危重型新冠肺炎患者顺利转入ICU，由此开启了我在武汉抗击疫情的工作。

　　3月3日是我31岁生日，感谢张彦杰领队，感谢我们的后勤大管家彭丽，他们为我准备的生日惊喜，让我终生难忘。我从未对深爱着的未婚妻作过一次表白，今天，我想对你说："亲爱的，待疫情结束，嫁给我可好？"

时间：2020年3月4日

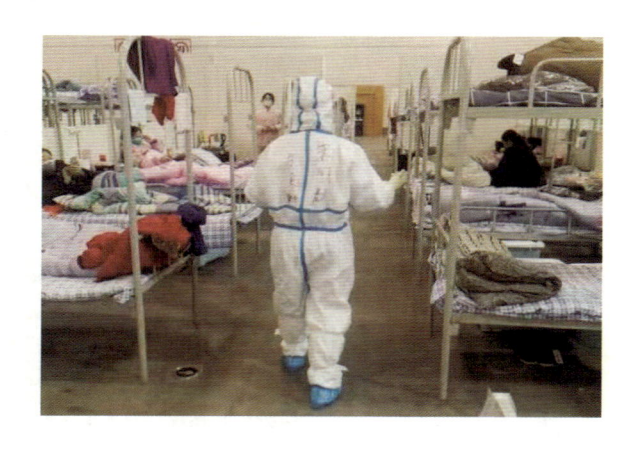

疫情不退，我们不归

地　点　武汉客厅方舱医院
记录人　青铜峡市人民医院　宋丽群

我是宋丽群，宁夏援助湖北第二批医疗队中的一名护士，来自青铜峡市人民医院，在武汉客厅方舱医院担任护理工作。

我是一名平凡的护士，不曾想，在 2020 年立春之时却成为众多"最美逆行者"中的一员，成为奔赴武汉抗

击疫情的白衣战士。

刚开始那几天，每次进到病房时我还有些恐惧。病人好像也察觉到了，主动和我保持距离，偶尔来询问病情、咨询一些事情时也站得很远。每到吃饭时间，他们都会善意地提醒我："累了吧，赶紧先吃饭，再干活。"时不时地他们还会对我说："真是太感谢你了，从那么远的地方过来，你们都是最美的白衣战士，加油！"有的阿姨说着说着，甚至难过地流下了眼泪。

简单的话语，虽没有华丽的词语作修饰，却让我很感动。我没有作声，只是默默地低下了头。想想以前，在病房，无论我们怎么精心护理病人，照顾病人，有时候还是得不到病人的理解和肯定。今天，我根本没有做什么，没有付出什么，只是每天给他们发发药、送送饭、测测血压、量量体温等，做一些常规护理和简单的服务，却得到了病人的极力认可和赞赏。

这时我的内心不再感到恐惧，我开始主动地接纳病人，病人也慢慢地与我亲近了。每天上班，我第一件事就是进去和他们打招呼，问候一声："大家好，我又来陪伴大家了！今天感觉怎么样呢？"就这样，他们都很喜欢我，每次看到我上班都很高兴，拉着我给我讲当地的特色小吃和好玩的景点。他们还说等疫情过后请我吃当地佳肴，带我去游览名胜古迹。

不知不觉中我们熟悉了彼此，每天上班听到最多的就是那些暖心的"谢谢""你们是最美的人""你们辛苦了"的话。我下定决心，坚定信念：疫情不退，我们不归！

时间：2020 年 3 月 8 日

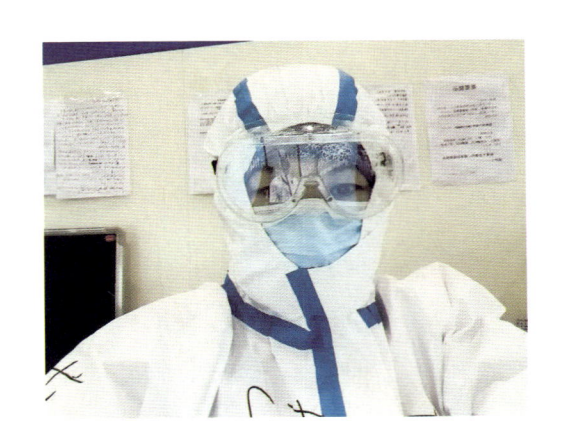

一位患者给我香蕉吃，说带皮干净的

地　点　武汉客厅方舱医院
记录人　青铜峡市人民医院　胡丽红

我是胡丽红，宁夏援助湖北第二批医疗队中的一名护士，来自青铜峡市人民医院，在武汉客厅方舱医院担任护理工作。

今天我是 A 班，经过近半小时的车程来到了方舱医院，做好防护后准备接班。上班已有二十几天，我们也

白衣执甲逆风行 宁医援鄂日记

逐渐适应了这里的环境，不再感到紧张和恐惧。刚来时一进舱就感到头晕目眩、恶心胸闷，现在我们已渐渐适应舱里的工作，也习惯了穿尿不湿。

今天的 A 班很忙，中午给患者送饭，一位阿姨说："姑娘，你也吃点吧，这个香蕉是带皮的，干净的，我不吃，留给你。"我轻声说："阿姨，谢谢您，我们不能吃。"虽然这时身心疲惫、饥肠辘辘，但我心里却十分开心。回到办公桌前，有个小护士说："今天的香蕉熟透了，太香了，好久没吃香蕉了。"听到这话我有点心酸，都是花一般的姑娘，在家想吃啥父母就给买啥；但今天我们是战场上的一名战士，10 个小时不吃不喝也能耐得住，我真心为她们感到骄傲。我扶着小姑娘的肩说："等会儿下班的时候，我去总管处给你要几根香蕉。"姑娘开心地快跳了起来。

在这里我们感受到了来自各方的关爱，有领导的关爱，有武汉当地同行的支持，有远在家乡的亲人的关爱。这些关爱使千里驰援武汉的我们并不孤单，使我们坚定了战胜疫情的信心。我们坚信一切都会过去，我们一定会和武汉人民一起迎来明媚的春天！

时间：2020 年 3 月 8 日

这是我人生的一次绝唱

地　点　武汉客厅方舱医院
记录人　青铜峡市人民医院　樊瑞

我是樊瑞，宁夏援助湖北第二批医疗队中的一名护士，来自青铜峡市人民医院，在武汉客厅方舱医院担任护理工作。

今天由我们组来采集咽拭子，这是判断新冠肺炎最直接、最有效的检测方法，但是要与病毒面对面，风险巨大。因为在采集咽拭子的过程中，护士要与患者近距离接触，从患者咽喉壁采集。采集时，棉签需要不断摩擦咽喉壁，这会引起患者咳嗽，会有飞沫和唾液喷溅出来，可能导致大量携带病毒的气溶胶向四周扩散，被感染的风险极大。根据相关数据，每咳嗽一次就会释放出2万个病毒。可想而知，如果采集116个患者，每人咳嗽一次，那我的面屏和防护服就布满了病毒，稍有不慎，我就"中枪"了。

面临巨大的风险，护士长与大家商议由谁来做咽拭子标本采集工作。

作为此次带队的副队长，我理应挺身而出。

穿好防护服后，今天的装备多了一层防护面屏、一双手套、一层口罩。虽然已做好了防护，但是因为是第一次采集，我的内心还是有些担心和害怕。想想有前期的培训和实践，我这才慢慢消除了内心的紧张和恐惧。我和队友互相鼓劲加油，进舱开始今天的采集。采集咽拭子小团队由三人组成，刘静老师负责维持秩序，马海涛老师负责采集试管信息的核对，我负责采集。工作进展有序，116名患者在指定交接时间

内顺利完成采集，交接后我这才松了口气。

我庆幸自己是一名医务人员，践行了自己的责任和使命，在人民需要时能够出一把力，作出一点点自己的贡献。能有这样一个机会，也是我人生中的一次绝唱，是一次难得的经历。我会尽自己所能，做好本职工作，对得起背后默默支持我的领导、同事和爱我的家人们，更要对得起我肩上的这份责任。

时间：2020年3月8日

进入病房第一天：
感动战胜了畏惧

地　点　宜城市人民医院
记录人　银川市第一人民医院　付晶班

　　经过三天严格的培训，今天是我正式投入襄阳宜城战"疫"进入病房的第一天。天还没有亮我就醒了，看着窗外蒙蒙夜色中的宜城，心里依然有些忐忑不安。

　　为了准备得更充分些，我早早起床收拾完毕，看着床上的纸尿裤，不禁发起愁来。努力了好多次都没有穿上，想起在普儿科给孩子换纸尿裤的场景，觉得没有这么难

啊！加油再加油！为了6小时不上厕所，为了降低交叉感染的概率，为了节约紧缺的防护物资，我一定可以！

简单地吃过早饭，因为是晨交班，7点半我便和卢燕主任、杨春燕护士长，以及队友们到达宜城市人民医院感染科。看着"隔离区"三个醒目的大字，说不紧张不害怕，那是骗人的！

进入病区，我们开始更换工作服。卢燕主任一直在监督我们穿防护服的每个步骤，生怕我们哪一个细节没有做到位，导致自身被感染。直到我们全部穿戴完毕，她紧张的脸庞才露出一丝笑容。

早班是我和刘霞、陈杰一组。穿好防护服，准备出征的我们，给自己加油，也给队友加油。

进入病房，看见穿梭在感染科的护士忙碌的身影、被汗水模糊了的防护面屏，我的心仿佛被针刺了一样痛。之前的紧张、畏惧也一扫而光，恨不得大声告诉她们：亲爱的姐妹们，我们来了！在这场抗击新冠肺炎疫情的战斗中，你们并不孤独，有我们陪着你们一起冲锋！

隔离病房分为两个区，一楼安排的是确诊病人，二楼安排的是疑似病人。我认真地和夜班护士做好交接，仔细听取每位患者的情况，为接下来的工作细心准备着。

看到患者那忧愁的表情，我暗暗告诉自己，一定要尽最大的努力，帮助他们战胜病痛的折磨，急病人之所急，忧病人之所忧。这不正是每个白衣战士的神圣使命吗？

接下来，扎针、换药、做雾化，我耐心地为每个患者讲解疾病的相关知识；发药、打饭、倒开水，整理物品，讲解药物的服用方法及注意事项，我只想用一点一滴的行动告诉他们：全国人民都在牵挂着你们，你们一定要好起来！

送开水的时候，一位阿姨问我："丫头，你不是本地人吧？"我回答道："对啊，阿姨，我是从宁夏来的。"她又说："丫头，辛苦啦！这么远来照顾我们。谢谢啦！谢谢啦！"

看见她泛着泪光的眼睛，我在心里发誓：一定要努力，要加油，帮助他们早日康复，不辱自己这身白衣战袍。

结束了一天的工作，刚回到寝室，就看到当地政府、医院及群众送来的生活用品和水果。特别是住在隔壁的宜城市人民医院感染科的护士们，她们拿着刚洗好的草莓叫我们吃。此情此景让我心头一热，疲惫顿消。

初春的江汉平原依然有些寒冷，疫情依然在肆虐，但我们的心是热的，信心是坚定的。我们同属一个战斗集体，一样的背影，一样的笑容，一样的使命，一样的决心。让我们一起努力，一起战胜疫情！

宜城加油！湖北加油！祖国加油！

时间：2020 年 3 月 8 日

珍惜当下，
就是最大的幸福

地　点　武汉客厅方舱医院
记录人　彭阳县人民医院　韩小娟

　　有些意外总是无法阻止其降临，既然来了，我们只有靠自己。相信我们可以战胜一切灾难！

　　来武汉已经一个多月了，从最初的手足无措到现在的得心应手，不知不觉中，我学到了很多，也明白了很

多。珍惜当下的生活，就是我们最大的幸福。我们住的宾馆离方舱医院有半小时车程，每天我们都是提前一个半小时出发，提前25分钟接班。这25分钟也许不算什么，但是在等待交班的同事眼里，看到我们的出现，就像看到了希望。因为穿着不透气的防护服，垫着尿不湿，不吃不喝8小时，真的不容易，所以我们都愿意提前接班，好让舱内的同事能早点休息。

最初穿好整套防护用品我们需要整整一个小时，而现在半小时就可以完成。然后，我们互相检查密闭性，再郑重地写上彼此的名字，写点鼓舞的话语，一天的工作就正式开始了。每天的工作其实和平时在医院没什么大的区别：发药、抽血、测量生命体征、采集咽拭子，但是在这里，每次做完这些，最明显的感觉就是护目镜雾雾的，视线模糊，身上的衣服也湿透了，整个人忽冷忽热。但是没关系，因为我们的坚持能给患者带来希望！

医者的职责，不是延缓死亡，或是让病人重回过去的生活，而是在病人和家属的生活分崩离析时，给他们庇护和照顾，直到他们可以重新站起来，面对挑战，并想清楚今后何去何从。

在方舱医院，我们的病人是一群特殊的群体，他们有的失去了父母,有的失去了伴侣,有的全家人都在住院,他们的内心是脆弱的。核酸检测的结果、CT的结果,都会让他们的情绪发生很大的变化。除了身体的治疗,他们更需要的是心理的安抚。每天除了本职工作,我们做得最多的就是陪他们说话。我们小心翼翼地去安抚他们因为恐惧而脆弱的内心,虽然我们不是专业的心理医生,但只要轻拍他们的肩膀,似乎就能让他们平静许多。我们尝试慢慢地、小心地走进他们的内心,了解他们的需要,缓解他们的恐惧,因为在这里他们真的把我们都当作亲人,当作可以依赖、信任的人。说实话我从没有像现在这么充实过,我只希望每天在自己上班的这几个小时里,尽自己最大的努力,平复他们的情绪,让他们重拾对生活的信心。

第一次进舱,有一个女孩情绪很低落,她去找医生,哭着说:"医生,我想出院,我的父亲在另一家医院病重了,我想去看他,也许这是我能见他的最后一面了。"医生看了看她今天的核酸检测结果,还是阳性,只能抱歉地说道:"对不起,我们还不能让你出院!"女孩哭了,哭得歇斯底里。那一刻,我没有去扶她,我也哭了。这是多么残酷的现实,对我而言,这种情

景曾经只是电视剧中的情节,如今却在我的身边上演。我坚定了自己的信念,我要鼓励更多的病友,给他们信心,给他们勇气,让他们知道,全国人民没有抛弃他们,全国同胞将和他们一同战胜新冠肺炎疫情。我也要用自己的实际行动告诉他们:医者仁心,救死扶伤,我们从未退缩。

这次逆行,从接到通知支援武汉到收拾好东西出发,仅仅用了一个小时,我没有告诉爸妈,因为我怕妈妈会哭,我也知道自己并没有想象中那么坚强。后来坐上救护车时,爸爸正好开车过来拿东西,他看见我了,但是并没有和我说话,只是远远地望着我。后来听老公说,妈妈知道我去武汉后,哭了。所以,现在每天回到宾馆,我做的第一件事就是给家人报平安。一个月过去了,我发现妈妈苍老了许多,额头的皱纹多了,双鬓全是白发。俗话说"儿行千里母担忧",每次通话,妈妈说得最多的就是你要做好防护,平安回来!这就是一个母亲的爱,没有太多的大公无私,也没有太多的慷慨激昂,但是真的很暖女儿的心。"妈妈,谢谢你帮我带孩子,也谢谢你对我工作的支持,我以后不会再和你顶嘴了,我爱你!"

疫去春来春更暖。我逆行，我无悔。来武汉，将是我人生中最难忘的记忆，也是我新生活的开始：珍惜当下的生活，好好孝顺父母，好好教育孩子，好好活着！

时间：2020 年 3 月 10 日

错过第一次报名心急如焚

地　点　武汉市中心医院
记录人　宁夏回族自治区人民医院　王明秋

　　我是王明秋，是宁夏回族自治区人民医院重症医学科的一名护士，我现在在武汉市中心医院工作。

　　宁夏第一批驰援湖北医疗队报名时，我下乡在宁南医院工作，错过了第一次报名，感到心急如焚。随后我给护士长发信息，表明了我坚决、主动要求参加第二批援助湖北医疗队的决心。护士长考虑到我孩子才一岁，让我慎重考虑。我说爱人是我坚强的后盾，我可以随时待命。然而，当过年大家阖家团圆时，我将驰援湖北的心思试探性地跟父母提了之后，他们担心我的安危，侄子抱着我哭。最后我说服了家人：有国才有家，国家的日新月异和每个人息息相关，国家有难时，每个公民都应该责无旁贷地贡献一份力量。

初到武汉机场那日，武汉人民高呼："欢迎宁夏！""感谢宁夏！""武汉加油！"那一双双坚定且寄予厚望的眼睛，让我垂泪、感动和心疼，我暗暗下定

决心，一定要为这座城市努力工作。

进驻病房十余日，每天穿着厚重的防护装备，走路都会喘。平时，护理危重症患者翻身只是最基础的工作，现在，每完成一次，我的汗水就能从下巴滴到全身湿透。里层的衣服常常湿了又干，干了又湿。护目镜到下班的时候沾满了汗水，摘下来能倒出一堆水来。脱下所有防护装备的那一瞬间，我感觉重获新生。亲人朋友发信息问候并表示担心，我总是轻描淡写地说："我只是换了个地方、换了身服装完成护士的职责。"哪有什么岁月静好，只是有人愿意负重前行，而我们选择为之付出努力，不忘初心，不负韶华。

新冠肺炎患者没有家属陪护。36床的奶奶已八旬高龄，病情危重，听力差，下午大汗，心率上升，血氧饱和度下降。赵娟护士长一直守在床旁，观察病情变化，书写文字安慰奶奶。我们调整了治疗方案，再加上心理安慰，很快奶奶的病情就有所好转。此时，对于患者，他们需要的不仅仅是治疗疾病，更多的是需要陪伴和安慰。一天，我上白班，奶奶拿出她女儿精心挑选并编织的手链要送给我们，那一瞬间我感动了。在这个特殊时期，病情危重的奶奶没有担忧自己的安危，而是想到了我们的辛苦，真是一位心地善良的老人。前天夜班，我帮奶奶整理物件时，发现她没有干净衣服可换了。因条件有限，我用洗手液帮她把衣服洗好晾晒在输液架上，奶奶发现后不停地道谢，我心里好暖好暖。

我担任第五批医疗队护理第八组组长，带领的 9 个队员每个人都能认真地完成每项工作。特殊时期没有保洁员，扫地、拖地、收垃圾、消杀，我的小伙伴们抢着干，不怕苦不怕累，汗流浃背并快乐着。我的小组成员是：陈艳荣、党丽、刘伊莎、刘佳丽、冯荣灿、杨静、聂丽娟、张艳、周琼。

今天是 3 月 11 日，我希望在我们离开时，武汉樱花盛开，赏花的路人熙熙攘攘。我相信人们的每一份热情、每一份奉献都能温暖这个世界，使春天的脚步加速到来。我在武汉尽自己的绵薄之力，为武汉加油，为中国加油！

时间：2020 年 3 月 11 日

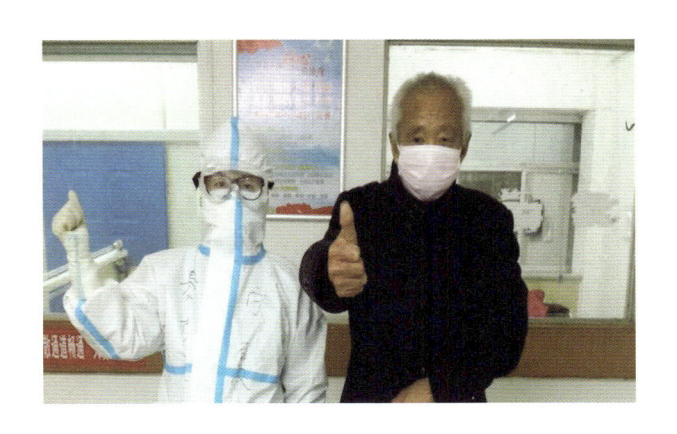

我和襄阳"萌"爷爷的故事

地　点　襄阳市中西医结合医院
记录人　宁夏回族自治区妇幼保健院　秦荣荣

我是秦荣荣，是宁夏回族自治区妇幼保健院的护士，支援的是湖北襄阳市中西医结合医院。

2月12日，我作为宁夏第三批援助湖北医疗队队员出征湖北襄阳。13日，防护服穿脱演练过关；14日，我正式进入工作岗位。这天我收治了第一个病人，一个白发苍苍、听力不好且不愿意和我交流的老爷爷。

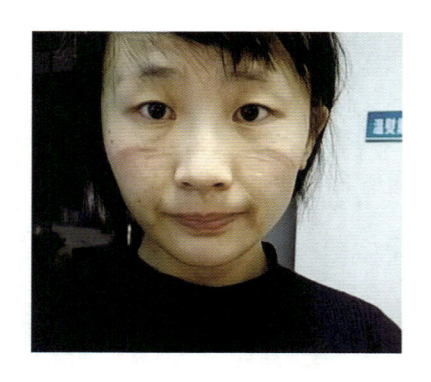

两天过去了,爷爷似乎比之前好了一点,愿意理我了,我特别开心。那天早班我给爷爷输液,可是他的留置针已经拔掉了,我找了好久,才在他的脚踝处找到一根血管。我问爷爷,扎脚上可以吗?起初他不同意,经过一番劝说才同意。一针见血,只是回血特别少,观察液体滴入顺畅后,我便固定了。我叮嘱爷爷脚疼的时候给我打铃,爷爷不点头也不摇头。由于怕他没听懂我说的话,所以那个早班我频繁进出他的病房,观察输液情况,一遍又一遍观察他的脚,就这样,爷爷记住了我。

和患者熟悉后,我和组里的同事把自己的方便面、牛奶、面包、枸杞拿到医院分发给患者,这位白发爷爷特别喜欢我们的方便面。有一次送方便面给爷爷,我问

他喜欢吗，他说"美得很"。那是我第一次真切地听懂他说的话。

　　轮休结束了，我们再次投入工作，看到白发爷爷身体越来越好，人也变得开朗起来。他用手势告诉我明天他将进行第五次拍片，如果没事就可以回家了。爷爷留了我们的电话号码，说会给我们打电话，谢谢我们。我心里特别感动，一个72岁的老爷爷，这一刻感觉他快乐得像个小孩子！

在这里，我无时无刻不被襄阳人民和家乡人民感动着，我们收到了来自家乡的凉皮、爱心蛋白粉、香囊、中药等。襄阳的老师们也在不断为我们改变着做饭的口味，为我们购买洗漱用品，我们还吃到了襄阳的特色牛肉面。

这次疫情让我看到了人性的光辉，媒体把我们称为"逆行的英雄"，而我却觉得只是换了一个环境工作而已，那些在疫情背后默默付出的人才是真正的英雄！

时间：2020年3月11日

比樱花更美的是武汉人感恩的心

地　点　武汉市中心医院
记录人　原州区人民医院　朱媛媛

　　我是宁夏援助湖北医疗队队员朱媛媛，来自固原市原州区人民医院。

　　你们见过凌晨的武汉街头吗？我见过。昏暗的街灯，空旷的马路上没有车也没有人，只有载着我们的通勤车疾速行驶在路中央。途经武汉长江大桥时，只见一望无

际的江面上停靠着几艘游轮，非常安静，像在沉睡一般。如果没有这场疫情，此时的江面上一定会有游轮穿梭不停，江边也一定是热闹非凡……

　　我休息了一天，再进入病区时，却看到 36 床老奶奶的床铺空了。

　　她去哪了？我有些惊慌，记得上次下班临走时她还好好的。随后，我从队友口中得知，老奶奶的病情一度加重，转进了 ICU 里做进一步治疗。此时，我的心里一阵酸痛，用再多的语言也无法形容内心的悲伤，第一次觉得生命如此脆弱。听说老奶奶得知自己病情危重后，哭着给女儿打电话留下遗言，希望自己走后，女儿能和

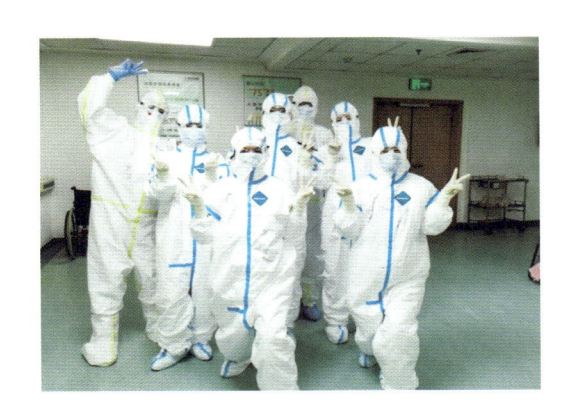

哥哥相依为命，互相照顾，因为在她走后这个世上就只剩他们两人最亲了。愿老奶奶能在ICU里挺过来，祈求疫魔能放过这些平凡而又善良的人……

人们都说武汉最美的是樱花，可我觉得比樱花更美的是武汉人感恩的心。

记得有次交班时，和我搭班的老师因为护目镜起雾看不清，进门时碰在了门框上，护目镜裂了一道缝。这时，隔壁7床的阿姨非常着急地喊起来："姑娘，快退出去，离我们远一点，赶紧出去换副护目镜！"那位老师随即退出了病区。阿姨像叮嘱自己的孩子一样告诉我："每次进病区前一定要仔细检查装备，做每一件事时先保护好自己，再来护理我们。只有你们安全了，我们才能安心。"

其实，很多时候我们在温暖她们时，她们也用自己的行动温暖着我们。疫情没有打倒我们，反而使我们更加坚韧、团结。

近日武汉的天气逐渐转热，穿着厚重的防护服，我们出现了各种不适，恶心、头痛、心慌、呼吸困难的感觉很严重。今天，有位队友因为大量出汗、极度口渴出现恶心的症状。听到这件事我们好心疼，这种感觉真的只有我们自己才能体会到。前几天，听说其他队的一位队员晕倒在岗位上，其他医护人员对她进行了紧急救治，希望她一切安好……

疫魔无情，人间有爱。在这场疫情面前，我们用自己的行动汇聚起一股坚强的力量，希望能在黑暗中照亮通往黎明的路。昔日我们是父母眼中的孩子，今日我们已经成长为中华民族的脊梁。看到祖国母亲生病了，此时，我们有责任和义务承担起自己的使命。

我们必胜！武汉加油！湖北加油！中国加油！

时间：2020年3月16日

这个春天，
当好披着战袍的天使

地　点　武汉市中心医院
记录人　宁夏回族自治区人民医院　张彤

　　自接到需要驰援武汉的报名通知后，我就迫不及待地向组织申请去武汉，与此同时，我写了入党申请书。出发的前一天，我才悄悄地告诉父母自己要去湖北支援。

父母坚定地支持我的决定，虽然有些担心和不舍，但他们依然希望我在新的考验中能和湖北人民并肩战斗。我也暗下决心，不打胜仗不归乡。

其实刚到武汉时，我心中的兴奋已消失了一大半。面对不熟悉的环境、紧张的工作节奏和严重的水土不服，我承受着巨大的心理压力和身体不适。虽然身穿防护服、戴着口罩，但我在和每位患者沟通时都会面带微笑。我心里明白，突如其来的疫情让很多人受到了很大的心理冲击，他们往往会产生焦虑、紧张等负面情绪，如果自己不把微笑带给他们，会更加重患者的心理负担。支援湖北，就要做好吃苦受罪的准备。

来到武汉已有一段时间，宁夏回族自治区人民医院医疗队负责的一位老奶奶的身体状况和心情逐渐地好了起来，每当她看见宁夏的医护人员进来，都会开心地笑起来。然而，刚进医院时老人家可不是这么乐观的，由于对疾病的恐惧，老人的情绪很低落。在一次简单的聊天中，得知老人的孙女和我年龄差不多大，于是我对老奶奶说："您就把我当成您的孙女。"一句再简单不过的话，让我们的心靠得更近了。

在战"疫"一线，就要用心抗疫，用声音传递温暖，

用情感消除恐惧。老人的记忆力不好，一般不超过三天就会忘记我叫什么，但每次我来到病房时，老人却又不停地念着我的名字。一天，老人突然说道："彤彤，你把你的电话号码给我，你休息的时候我可以给你打电话聊天。"那一刻，我突然感到眼里有光，心中有暖，脚下有力。

现在，我虽然不能完全听懂武汉方言，但每天和老人的聊天让我们成了好"闺密"。有时治愈一个人，需要先治愈她的心，让隔离病房变得有温度，有爱的地方就是家。看着老奶奶一天天地好起来，我的心里踏实了很多。

今天老奶奶跟我说："彤彤，等我病好了，你带我去宁夏看看。"我的眼泪终于忍不住流了出来，我想这是开心的泪水。这个春天，我一定要当好披着战袍的天使！樱花的暗香已在逆风中飞扬，阳光一定会照亮医护人员那最美的身姿，护佑他们平安归来。

时间：2020 年 3 月 17 日

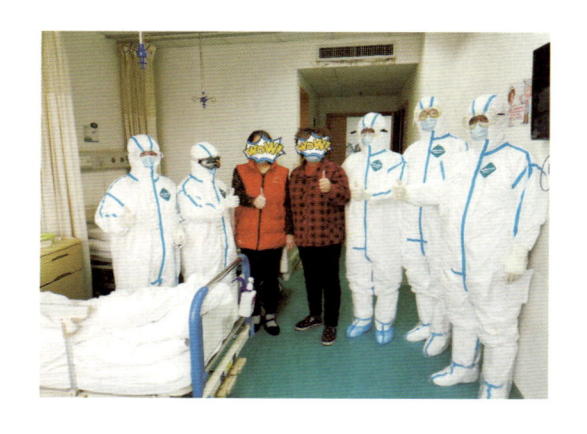

继续战"疫"，
直到武汉保卫战迎来大捷

地　点　武汉市中心医院
记录人　宁夏回族自治区人民医院　王玉巧

　　我是王玉巧，宁夏回族自治区人民医院重症医学科医生，宁夏第六批援助湖北医疗队队员。

　　在武汉的这些日子，我体会特别深的是：每天早上查房时，躺在床上形单影只而又无助的患者，看到我们眼神亮起来的那一刻，我总会莫名地被感动。不管是老人、

孩子，还是那些平时坚强的男人，在没有家属陪伴的治疗中，见到医护人员真的就像见到亲人一样。我们常常在彼此的眼神互相点亮对方的时候，会第一时间不由自主地伸出手握在一起。

病区一位60岁的阿姨反复核酸检测均呈阳性，治疗时医生决定给她用氯喹。次日查房，我刚一进病房她就紧紧握着我的手，说吃了氯喹后难受极了，恶心、胸闷、气短加重了。隔着两层手套握着她的手，我都能感觉到她双手冰凉。她担忧地说，怕自己挺不过来，年前忙得没顾上看80多岁的父母，因为自己开着服装店，想趁年前把冬装卖完，又借了点钱进了春装。原本想着年后边

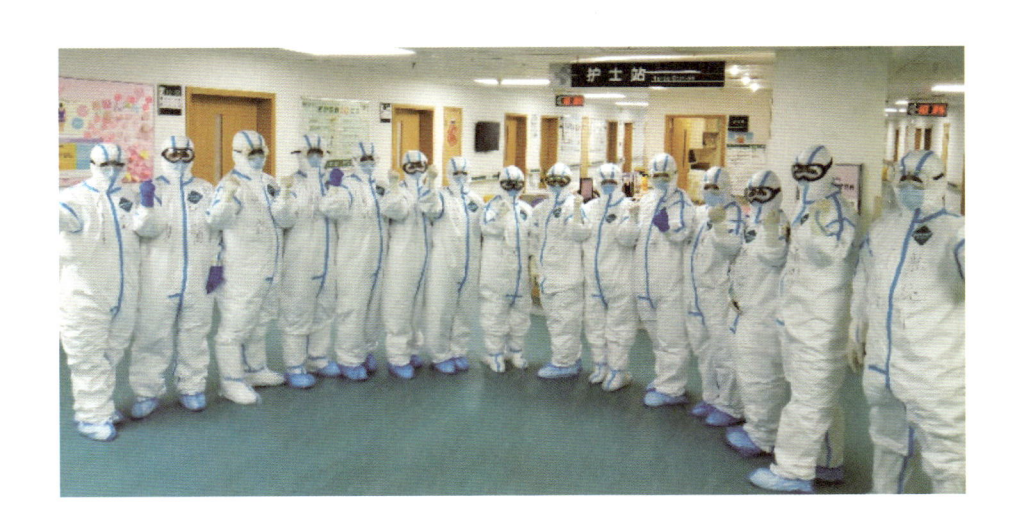

甩冬装边卖春装，结果，武汉封城，人人隔离在家，没人买衣服，自己也被确诊为新冠肺炎。女儿还在上大学，万千愁绪缠绕在她的心头。我一直握着她的手听她念叨，渐渐感觉到她冰凉的手在变暖。看着她忧伤愁闷的眼睛，我想这时候，陪伴也许最能安抚她的焦虑，倾听也许是最好的良药。等到她渐渐心绪缓解，我才离开病房调整她的下一步治疗方案。

过了几天，她的病情有了好转，核酸检测也转阴了。查房时，我一进病房，她一把握住我的手，说了很多感谢的话，印象最深的是："王医生啊，这次住院你们给我用的那个胸腺肽特别好。我妈住院时用过，当时自费很贵的，但老太太很快就好了，这次你们给我用了好几支，都免费……"说着说着，她就哭了……松开我的手，她像个孩子一样用衣袖擦着眼泪。

这就是我们的日常诊疗，每天都和不同的患者见面，每一个患者背后都有一个故事，每一个故事其实都有自己的影子。

媒体称呼我们是"逆行英雄"，其实我们只是一群穿着防护服的普通医护人员。有一次，一个小护士出病房脱防护服的时候，外科口罩不小心碰到了眼睛，小姑

娘吓哭了，马上用清水反复冲洗，用酒精消毒，天天监测体温，好在没事。后来我们调侃她说，幸好当时眼泪哗哗的，病毒还没有来得及定植就被冲走了。这个90后小姑娘不好意思地笑了。我们每天除了安抚焦虑的患者，还要安抚焦虑的自己。

现在，经历了艰难的抗疫，武汉人民看到了胜利的曙光。随着武汉市疫情向好发展，我们已经走过了至暗时刻，大多数医疗队都已完成使命正在撤出湖北。目前，包括我们所在的武汉市中心医院后湖院区、雷神山、火神山等10家医院仍在定点接收需要治疗的确诊患者，我们将继续战"疫"，直到武汉保卫战迎来大捷！

时间：2020年3月18日

第49天：襄州区二院最后一位 90岁新冠肺炎患者出院

地　点　襄阳市襄州区第二人民医院
记录人　宁夏第五人民医院　马吉杰

　　我是宁夏第一批援助湖北医疗队队员马吉杰，是宁夏第五人民医院心内科的医师。

　　3月15日14时左右，经过33天的精心救治，医护人员护送着90岁的徐老，一起走出襄州区第二人民医院隔离病房。从2月14日确诊入院治疗到出院，这位老人在襄州区第二人民医院隔离病房整整待了33天。他是襄

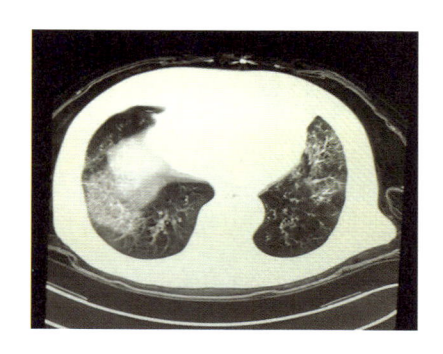

州区第二人民医院新冠肺炎疫情期间年龄最大的一位患者，也是救治时间最长、最后一位治愈出院的患者，是襄州区新冠肺炎住院病例实现"清零"的历史性人物。同时对襄州区二院来说，医院创造了确诊病例"零死亡"、医务人员"零感染"的"双零"纪录，治愈率达100%。

老人出院时，受到襄州区人民的特别关注，电视台来采访，诊疗专家组的专家也赶来送他出院。这背后，凝结着宁夏第一批支援襄阳医疗队的心血和汗水，也见证着宁夏医疗队的初心和使命。

这位老人2月11日出现发热症状，2月14日被确诊后，由襄州区人民医院板房转入襄州区第二人民医院住院。由于他是高龄患者，病情发展快，接连出现气短、氧合指数偏低等情况，接近无创呼吸机治疗指征，我们对其采取了氧疗、抗病毒、抗感染、免疫支持和激素治疗等措施。

从3月开始，眼看着病房里的确诊患者接二连三地走出隔离病区，可徐老所在的病房门口依旧挂着"阳性"的牌子，专家们的心里始终捏着一把汗。怎么办呢？经过专家组会诊，建议给予心理疏导和营养支持疗法，随后老人的病情不断好转。3月15日下午，经过专家组会诊，符合出院标准，同意出院，老人的脸上也露出了微笑。

出了隔离病房，老人竖起了大拇指，给所有医护人员深深鞠了个躬，同时特别感谢了千里之外来支援襄阳的宁夏医疗队。他高兴地说："你们就像我的儿女一样贴心，比我的儿女更亲，我们是一家人。我家就在附近，请到我家吃襄阳牛肉面。感谢你们不计辛劳，一次次将我从死神的手里拉了回来，再一次给了我生命，你们宁夏专家的名字我都存了档，我要永远记住你们！"

队友周文杰说："您是英雄！今天，您老战胜了新型冠状病毒，我觉得不光是我们来襄阳帮助你们，你们也时时刻刻在温暖着我们。襄阳最美的不是花，而是襄

阳人感恩的心。"

队友张鹏说:"老爷爷恢复得这么好,主要是心态好,有一颗感恩的心。"

襄州区人民医院李志海主任医师说:"出院后还要到隔离点隔离,有什么问题随时用微信和电话跟我们联系。还有些注意事项,我再跟您说一遍。"

襄州区宁夏医疗队队长常海强主任说:"我们来襄阳至今,抗'疫'已经是第48天了,转战襄州区二院是最后一站,看到最后一位患者出院,我很高兴。只是大家都戴着口罩,不知道口罩下真实的面容,虽然有点遗憾,但欢迎你们以后到宁夏吃拉面。"

这是襄阳牛肉面与宁夏拉面的结合,更是感情的结合,这是我来襄阳最高兴的一件事。

时间:2020年3月18日

鞋套跑掉了，防护服刮破了，可当时真没想太多

地　点　襄阳职业技术学院附属医院
记录人　宁夏医科大学总医院　柳真

即将踏上回家的旅途，回想这段特殊的日子，在襄阳经历的一切都历历在目。这里有许多人让我牵肠挂肚，其中就有因新冠肺炎确诊，收治于襄阳职业技术学院附属医院一病区 207 病房的李爷爷。

李爷爷因新冠肺炎确诊住院，已经治疗了一段时间，

但因为年龄大、病情重，加之有基础性疾病，所以情况一直不太好。2月24日下午，我上班没多久就接到科室通知，要将207病房的李爷爷转往上级医院继续治疗。李爷爷的身体里已经放了8个支架，医生怀疑是再次心梗并伴随新冠肺炎。我和同事急忙收拾好李爷爷的东西，给他穿上衣服，整理心电监护。不一会儿救护车到了，我们立刻把李爷爷扶到轮椅上，一人推车，一人手提心电监护，还有一人拿着泵和氧气袋。

其实这样的工作我们之前重复过无数次，但像今天这样穿着笨重的防护服，戴着双层口罩和满是雾气的护目镜操作却是第一次。我们艰难地前行着，没有家属的帮助，三个女汉子用尽全力才将李爷爷抬上了救护车，然后我和同事师蕊上车陪同李爷爷转往中心医院。

此时正值中午，太阳高照。在密闭的车厢里，在臃肿的防护服下，豆大的汗珠顺着脸颊往下流，流进了护目镜，流进了口罩，流进了嘴里。我的衣服都湿透了，呼吸困难，感到快要窒息了，有那么一瞬间真想把防护服撕掉。救护车飞速地驶往中心医院东津院区，因路途颠簸，李爷爷难受地呻吟着。我知道他很不舒服，就一边握着他的手，一边拿来衣服垫在他的头下面。同事师蕊则细心地蹲在李爷爷的身旁将他的头托了起来，避免磕碰到担架。

密闭的车厢和不透气的防护服快要将我闷透，疾驰的救护车让我的胃里翻江倒海，嘴里满是汗水与胃液搅拌的奇异味道。有生以来，我从未觉得如此漫长煎熬。我硬撑着，一边询问李爷爷哪里不舒服，并观测着血压、氧饱和、心率的波动，一边用李爷爷的电话联系中心医院的医生和护士。用时40分钟，我们终于到了襄阳市中心医院，由于抢时间来不及等，我和同事迅速将李爷爷抬下来放到平车上，一路小跑，成功地将他转进了ICU。看到那里忙碌的护士们，我和同事师蕊帮助他们铺床、抬李爷爷上床，更换心电监护、接微量泵、安装氧气装置……最终看到监护仪的屏幕上显示生命体征一切平稳，我悬着的心终于落地了。在我们将李爷爷安置好，交接完毕准备走时，老人家看着我，用一口我还听不太懂的襄阳话说着感激之词："谢谢，太感谢你们了。我没有家人在，给你们添了那么多麻烦，喂我吃药，给我倒尿，又一路送我过来，给我穿，又给我脱，真是太谢谢你们了。"说着说着，老人哽咽着将头转向一侧，我的眼眶也湿润了。我把手机放到李爷爷的手里，告诉

他："李爷爷，等你好了，用这个手机和家人联系，他们会来接你的。我们走了，医院还有病人在等我们，您多保重！"

走出监护室的门，我又回头看了一眼李爷爷满是感激的眼睛。虽然相处时日不多，但在心中我已然把他当作亲人。我心里默默祝福：一切都会好起来的。走出中心医院，才发现自己因为着急，鞋套跑掉了，防护服刮破了，手套也破了。现在回想起来真有些后怕！可当时没想太多，也顾不了那么多，作为一个在心脏科室工作了10年的医护人员，我深知心梗意味着什么。能够将老人以最快的速度平安送到ICU，就是我当时唯一的想法。我的腿感觉像灌了铅似的，无比沉重。全身衣服湿透，一会儿热一会儿冷。又因为刚刚上下车抬病人用力过猛，例假还没走的我大腿两侧已是血迹斑斑。

此时此刻，我才真正感觉到自己像个战士，像个斗士。虽然伤痕累累、辛苦异常，但我却体会到了存在的价值以及被需要的感觉，一切都值得！

时间：2020年3月19日

白衣执甲逆风行 宁医援鄂日记

第51天：
微如芥子，也成世界

地　点　武汉市中心医院
记录人　宁夏回族自治区人民医院　李翔

　　我是宁夏援助湖北医疗队队员李翔，来自宁夏回族自治区人民医院。来武汉前，每天看到确诊人数、死亡人数在不断快速增加，我的内心充满了焦灼感。作为医务人员，作为一名共产党员，在国家和民族危难之时，我一定要冲上去！

　　2月20日，我接到成为宁夏第六批援鄂医疗队成员

的通知。出征那天,老公作为基层卡点负责人,一个多月没有回家,只能在医院匆匆告别。他笑着说:"一个动不动就流泪的人,能冲锋陷阵打硬仗吗?""那你和女儿在家,等着我凯旋!"我答道。

到武汉之后,领队张彦杰宣布我们被分配在离华南海鲜市场只有2.3公里的武汉市中心医院,那是众所周知的疫情最为严重的地方之一。能在那里战斗,我们深感责任重大。

经过培训和前期对接,3月6日,我们迅速投入到武汉市中心医院后湖院区发热四病区的具体工作中。我们分管的两位高龄患者,其中一位89岁了,长期卧床。为了防止产生压疮,大约一小时就要翻身,最长时间也

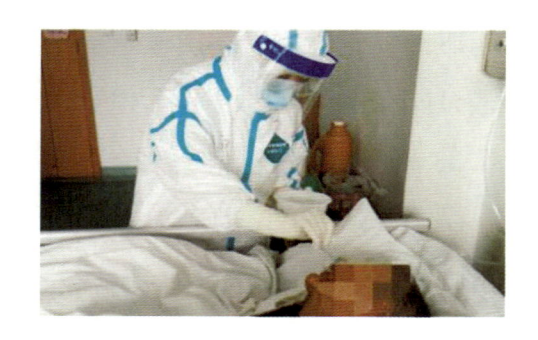

必须两小时翻一次身。在翻身的过程中，要确保老人的肢体在功能位，每一个关节突出的位置都要垫上软枕，以保证所有管路的通畅。这个过程往往至少需要三个人才能将老人抬起来，瘦弱的姑娘们给老人翻完身后，顾不上汗流浃背，就开始检查纸尿裤，更换大小便失禁器具。而这位老人还有高血压、房颤、脑出血等基础性疾病。除了上述工作，我们还要喂老人一日三餐。

有一天，老人的情绪格外烦躁，翻身、进食很不配合，不管我怎么劝说，她就是不听。同事谢婷每喂一口米粥，老人就抵触地吐出来，再加上老人存在认知功能障碍，我们心里又着急又担心。突然，我听到老人嘴里咕哝着"女儿"，这才明白原来她是想女儿了。于是我轻轻抚摸着老人的脸颊和额头，说道："老人家，你不吃，病不好，

将来女儿见了,她可就不高兴了。"我不厌其烦地说着。十几分钟过去了,老人不再抵触,终于张开嘴巴慢慢吃了起来。当我看谢婷时,我看到了护目镜水汽后面她眼里的泪花。我想起了鲍尔吉·原野《让高贵与高贵相遇》一书里的话:"有泪水在,我感到自己仍然饱满。"

是的,我始终觉得正是这些细微的点点滴滴,才让我平凡的生命变得如此丰富和强大。

3月13日,我们得知武汉市中心医院会作为最后收尾定点医院之一,一直战斗到疫情彻底结束,也就是说,我们需要继续在这里战斗。坚持,坚持,再坚持,将抗疫战斗进行到底!

虽然我们微如芥子,但在祖国需要我们的时候,我们会像提灯女神南丁格尔那样奔赴前线,用自己最大的能量照亮每一处痛苦的角落。

时间:2020年3月20日

白衣执甲逆风行 宁医援鄂日记

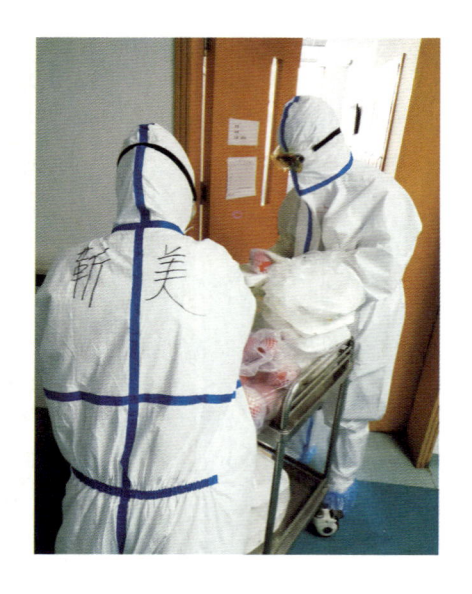

三月暖阳，芬芳人间

地　点　武汉市中心医院
记录人　宁夏医科大学总医院　靳美

　　清晨，朵朵白云飘浮在淡蓝色的天空上，微风拂动，枝叶婀娜，树上的小鸟叽叽喳喳地跃动着，告诉人们新的一天到来了。

　　驻地旁的玉兰花开了，白白的，大大的，精巧的瓣儿，

像白雪，似玉雕，美的那样高雅，又不失朴素。

来不及仔细欣赏这美丽的春色，我们照常乘坐开往医院的通勤车，一路上看着窗外的风景，任凭思绪浮动……

三月的暖阳带走了多日的阴霾，气温的迅速升高再次考验着我们的坚毅。我们穿好一件件防护装备，还未进入病区就早已汗流浃背了。可奇怪的是，当我们一步步迈入隔离病房时却早已忘了种种不适，也许这就是内心对患者的那份责任使然。

今天，组长伍梅芳老师特意带来了自制的呼吸锻炼道具——"手套气球"。因前两天的试用操作效果显著，试用者受益良多，我们决定趁热打铁，积极调动患者的主动性，用"气球"进行缩唇呼吸强化训练。最初的"手套气球"白花花的，颜色显得很单调，于是我们小组成员发挥想象，大展身手，你构图，我做诗，她贺词，把"气球"瞬间装扮得生机勃勃，充满活力！原本不起眼的小道具却饱含着每个人战胜病魔的坚定信心！

病房的叔叔阿姨们看到一个个跳动的"气球"，脸上露出了久违的惊喜和笑容。"谢谢你们，真是费心了！""不用谢，这是给大家用来呼吸锻炼的小道具，我现在挂到输液架上面，可以练习深吸气、慢吐气……"话音还未落，大伙儿已经跃跃欲试。看到他们积极向上的心态，心里真为他们感到高兴！

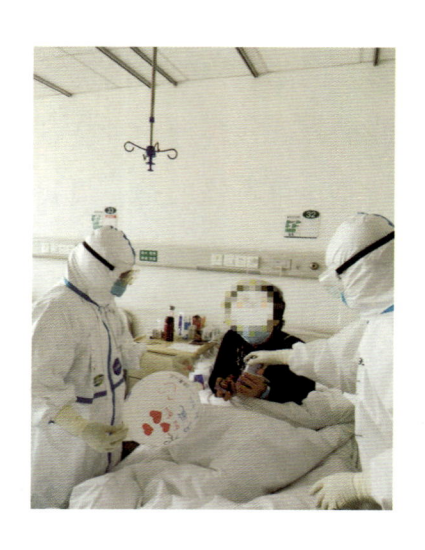

想起刚开始接管病区时，有位阿姨情况不是很好，需要持续的心电监护，不能下床，她的心里很焦虑。于是每组当班队友都会给予她耐心的开导和主动的关心，慢慢地减轻了阿姨的焦虑，使她转变了心态，打开了心扉。这个艰辛的过程我看在眼里，记在心里。所以我决定将我的"气球"送给阿姨，祝福她早日康复！我在气

球的一面写上"武汉必胜！中国必胜！"，另一面画上"小红心"，还把刘主任所作的诗词"雾尽风暖，樱花将灿"，作为我对她的祝愿留在上面。阿姨看着在输液架上舞动的"气球"，情不自禁地用双手在胸前比了个"心"！看着这一幕，我深深地被感动了！

每次当我和伍梅芳老师走进病房时，阿姨们就会欢呼雀跃起来，因为又到了"气球"锻炼时间，她们早已准备好了。

舒缓的节奏，认真地摆臂呼吸……这边是一招一式的呼吸锻炼，那边是兢兢业业的护理治疗。我们一起努力着，心里很舒畅！

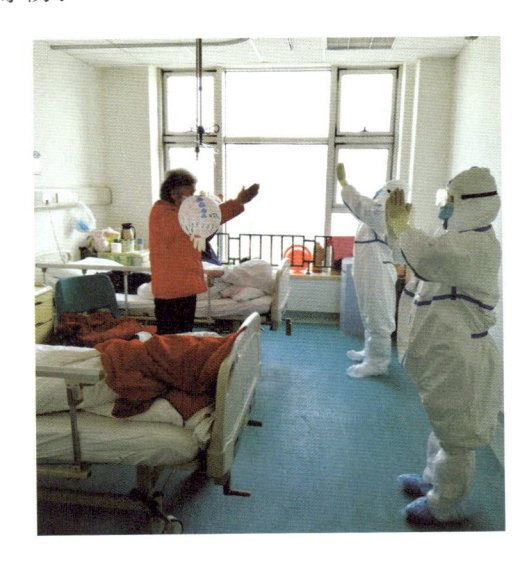

走出病房，站在窗边，仰望着深蓝色的天空，没有一丝云彩，太阳暖暖的，很耀眼，刺得我只能眯缝着眼睛。但此时我心里却越发的温暖、敞亮起来！

我坚信，只要我们齐心协力，坚持不懈，胜利一定会很快到来！

时间：2020年3月23日